KB043529

안녕, 동그라미

안녕,
동그라미

일이 에세이

들어가며

　당신께서 지금 읽고 계신 이 글은 아마도 이 책에서 가장 처음 읽게 될 글이겠지요. 기분이 참 오묘합니다. 왜냐하면, 저는 이 글을 가장 마지막 순간에 쓰고 있거든요. 저에게는 대미를 장식해야 하는 순간인데, 당신의 지금은 이 책을 향한 첫발을 내딛는 순간입니다. 당신과 저의 순간은 시작과 끝이 서로 만나는 동그라미와 닮았습니다.

　대부분의 사람은 거의 매일 같은 곳에서 하루를 시작하고, 같은 동네를 돌아다니고, 거기서 거기인 음식을 먹고, 대체로 늘 보던 사람과 만나고 이야기하며 살아갑니다. 어쩌다 새로운 곳에 가게 되면 그곳에 간 목적을 제외하고는 얼마 지나지 않아 희미한 기억만 남을 뿐입니다. 조금 더 주변을 둘러보고 관찰하고 기억하면서 하루를 보내야지, 라고 매번 생각하지만 기억에 또렷이 남는 건 그다지 없죠. 느낌만 남은 채 대부분은 망각해버리기 일쑤입니다. 이런 다짐과 망각 또한 끊임없이 돌아가는 동그라미 같습니다.

이 책은 동그라미에 관한 것입니다. 60개의 동그란 모양을 띠고 있는 사물을 바라보며 그 속에 담긴 저의 삶을 끄집어내어 기록하였습니다. 그 시간 동안 잊고 지냈던, 잊혔던 소중한 순간들이 새록새록 떠올라 너무나도 뜻깊었습니다. 동그라미에 담긴 저의 이야기를 찾아내는 작업은 지금껏 살아온 모습들을 정리하는 시간이자 앞으로 살아갈 시간을 위한 다짐이 되었습니다.

잠시 책을 덮고 주위를 둘러보세요. 동그란 사물들이 보이시나요? 아마 당신의 일상 속에도 수많은 동그라미가 있을 것입니다. 무심코 지나쳤던 동그라미들을 천천히 들여다보세요. 그 동그라미 속에는 햇살처럼 빛나는 당신만의 이야기가 있을 거예요. 제가 그랬던 것처럼, 당

신 또한 소중한 추억들을 찾아내는 기쁨을 누리길 소망
합니다.

일이 드림

차례

ㅇ

오늘의 동그라미들

oo

어제의 동그라미들

ooo

내일의 동그라미들

오늘의 동그라미들

아내의 눈동자

동그라미를 찾는 여정을 떠나기 전, '내가 추억하는 동그라미는 어떤 것들이 있을까' 하며 잠시 생각에 잠겼다. 제일 먼저 생각난 것이 아내의 눈동자였다, 는 아니고 생각하는 도중에 아내와 눈이 마주쳤는데, 그날따라 유난히 더 동그랗게 보였다(더 동그란 것은 도대체 뭔가 싶지만 완전한 동그라미라고 느껴졌다). 아내의 눈동자를 보는 순간, 기억상실증에 걸린 주인공의 기억이 온갖 화려한 특수 효과를 뽐내며 돌아오는 영화의 한 장면처럼 아내와 나의 여러 추억이 정리되지 않은 채 한 번에 밀려 들어왔다. 묘한 기분이 들었다.

지금은 아내의 눈을 하염없이 바라볼 수 있지만, 연애 초기만 해도 힐끗힐끗 보는 게 전부였다. 지긋이 바라보는 게 어찌나 힘들던지 단 몇 초도 똑바로 볼 수 없었다. 아직 서로에 대해서 알아가고 있었던 때라 그런지, 아니면 사람 눈을 똑바로 바라보는 것을 무례하다고 보는 문화권에서 태어나고 자란 탓인지 모르겠지만 연애 초기에는 아내의 눈동자를 어색함 없이 바라보기가 쉽지 않았다. 이건 아마 아내도 마찬가지였을 것 같다. (눈 맞춤이라는 것은 아내든 친구든 부모든 가족이든 아무리 가까운 사이라 하더라도 어딘지 모르게 부담스러운 부분이 있다. 하지만 미소와 영혼이 담긴 눈 맞춤은 생각보다 큰 기쁨을 안겨준다. 자주 가는 편의점의 점원과 가볍게 눈인사를 나누는 것만으로 흐뭇해지곤 하는데, 관계가 깊은 사람들과의 눈 맞춤은 오죽하랴. 이 사실을 알면서도 눈 맞춤이 쉽사리 되지 않는 것은 제법 씁쓸한 일이다.)

아내와 어색함 없이 눈을 바라보는 게 너무 당연한 것이 되어버린 지금은 '우리가 언제 그랬던가?' 내지는 '그런 적이 있긴 했던가?' 싶다. 연애 초기에는 어색함이 없는 눈 맞춤을 간절히 바랐는데, 익숙함은 그 소중한 순간들조차 당연하게 만들어버렸다. 서로를 향한 눈 맞춤이 당연해지기까지 아내와 나는 분명 말없이 많은 노력을 해왔을 것이다.

상당한 시간 동안 서로에 관해 이야기했고, 그 시간을 통해 각자가 살아온 날들을 알게 되었다. 살면서 그 과정들만큼 신나고 설렜던 적이 있었던가. 좋은 게 있으면 감내해야 하는 것도 있는 법. 사소한 습관이나 취향부터 나만의 특이점까지 공유하고, 나와는 다를지라도 상대를 인정하고 받아들이는 노력의 시간도 많았다. 이 모든 과정이 있었기에 진갈색의 깊은 눈동자를 하염없이 볼 수 있게 되었으리라.

진심을 듬뿍 담은 눈 맞춤을 해본 적이 언제였는지, 바쁘다는 핑계로 눈 한번 제대로 바라보지 못했구나. 동그라미를 찾으려 오랜만에 유심히 바라본 아내의 눈동자가 유난히 더 반짝거려 보이는 것이 착각일지 몰라도 이렇게 볼 수 있어서 다행이다.

셀로판테이프 Ⅰ

나는 수집 욕구가 상당히 강한 편이다. 무언가에 애정을 갖고 수집하는 사람들을 '덕후'라고 칭하기도 하는데, 나의 경우는 그냥 단순 수집이라고 볼 수 있다. 수집 분야에 관해 깊이 있게 알려고 하지도 않고, 알고 싶은 마음도 딱히 들지 않는 경우가 대부분이다. 수집 품목은 다양한데, 그중에서도 가장 생뚱맞고 나 자신도 '이건 도대체 왜 모을까?' 하는 것이 있다. 그것은 다름 아닌 '셀로판테이프'다. 분명 이 글을 읽고 있는 당신도 '응?' 했겠지만, 앞서 이야기했듯 나도 잘 모르겠다. 언제부턴가 시작된 테이프 수집에 사실 중독된 상태다.

예쁜 그림도 그려져 있고, 알록달록한 색상과 패턴들이 가득해서 수집하기 그만인 마스킹테이프라면 충분히

납득될 법하지만, 나의 경우는 그냥 마구잡이로 (내 눈에) 좋아 보이는 테이프를 모은다. 설명하기 애매한 나만의 기준으로 모으다보니 눈에 익은 국내 제품에는 딱히 관심이 가지 않아 농담 반 진담 반으로 아내에게 "아무래도 테이프를 사러 일본에 좀 다녀와야 할 것 같아"라고 말한 적도 있었다. 막상 말을 하고 나니 너무 가고 싶어져 온갖 달콤한 말로 유혹해 실제로 테이프를 사기 위한 일본 여행을 다녀오기도 했었다.

일본의 문구 용품은 종류가 세분화되어 있기도 하고, 눈에 익지 않은 제품들이라 그런지 좋아 보이는 것들이 많았다. 이것저것 종류별로 참 많이도 샀었다. 접착력의 강도, 테이프의 가로 너비, 셀로판의 두께에 따라 그 종류가 어찌나 다양하던지. 일본 여행을 갈 때마다 조금씩 사다보니 테이프만으로 커다란 수납 상자 하나를 거뜬히 채우게 되었다. 지금은 많이 사용해서 약간 소강상태가 되었지만. 하나둘씩 모은 테이프의 종류가 많아지니 자연스럽게 디스펜서에 눈이 가기 시작했다. 테이프를 모으는 것에 조금씩 싫증이 나기도 했었던 터라 이제 전세가 역전되어 디스펜서를 주야장천 모으고 있다. 어차피 테이프는 규격 사이즈로 나오는 편이라 큰 거, 작은 거 한 개씩만 있으면 되는데, 이렇게 모아서 어디다 쓰려고 이러는지 모르겠다. 이렇게 따지면 애초부터 테이프는 쓸데가 있어서 모았나(머쓱). 쓸모 있고 없고가 뭐 그리 중요하겠나. 여행을 가면 새로운 디스펜서를 찾기 위해 열을 올리는 내 모습은 여전할 텐데.

오랜만에 테이프를 모아둔 상자를 열었더니 동그란 테이프들이 가득했다. 크기와 용도가 제각각인 테이프를 보고 있으니 이 동그란 것의 용도가 본래의 역할을 위한 것이 아니라 이 글을 쓰고 있는 지금을 위한 것이 아닐까, 라는 생각이 들었다. 이것을 감성적으로 이야기하면 '운명'인 걸까. 세상에 쓸모없는 것은 없다. 어떻게 쓰느냐의 문제다. 나는 또 여행을 떠나게 되면 습관처럼 테이프나 디스펜서를 살 텐데, 붙여지는 것에 사용되든 이야깃거리에 사용되든 새롭게 모이는 테이프들도 의미 있는 것이 되길 바란다. 그래야 죄책감 없이 테이프 쇼핑을 할 수 있으니까.

이상, 테이프 쇼핑을 위한 저의 억지스러운 합리화였습니다.

셀로판테이프 II

아내의 이야기다. 아내는 쓰레기 분리수거에 대한 나름의 확고한 절차가 있는데, 재활용이 편리하게끔 자기가 할 수 있는 최대한 각 소재를 분리하는 것이다. 이 행위는 마치 아내에겐 신성한 의식 같기도 하다. '의식'이라고 하니 거창한 느낌이 들지만 그렇진 않다. 플라스틱 용기, 유리병, 페트병 따위에 붙어 있는 스티커나 라벨들을 말끔히 제거한다든지, 음식물이 담겨 있던 용기를 깨끗하게 씻은 후 물기를 완전히 말려서 버린다든지, 종이 상자에 붙어 있는 셀로판테이프를 뗀다든지 하는 것들이다. 누군가는 유난을 떠는 게 아니냐고 말할 수 있지만, 개인적으로 이 행위야말로 분리수거의 참모습이라고 생각한다.

아내가 언제부터 이렇게 분리수거를 시작했는지 바로 얼마 전에 듣게 되었다. 아내는 20대 초반에 집 근처의 대형 슈퍼마켓에서 아르바이트를 한 적이 있다고 한다. 슈퍼마켓이라는 상점의 특성상 하루에 커다란 종이 상자가 수십 개씩 나오는데, 그 상자들을 창고 한편에 던져놓으면 파지를 줍는 어르신, 그러니까 우리네 조부모님 나이의 연로하신 어르신이 허리를 구부린 채 정리를 해서 들고 가셨더랬다. 그리고 가끔 그 어르신이 공병을 주워 오시기도 했는데, 기껏해야 하루에 몇 병 정도라 돈으로 바꿔봤자 겨우 몇백 원이었다고. 매일 몇백 원씩 주고받는 게 번거로워서 공병 장부를 작성해 일정 기간이 지나 적립금이 조금 쌓이면 현금으로 받아 가셨는데, 어르신은 그렇게 모으신 얼마 되지 않은 돈으로 매번 바나나맛 우유를 사서 아내에게 건네주곤 하셨단다.

"난감했겠네?" "정말 힘들었어. 안 받으면 엄청 화를 내셨거든." 당신 몸 하나 가누기도 힘들어 보일 만큼 지친 몸을 이끌고 주워 온 상자와 맞바꾼 돈. 그 돈으로 산 바나나맛 우유를 냉큼 받아서 마시는 게 가능한 일인가. 손녀처럼 생각하시는 마음으로 바나나맛 우유를 건네셨을 테고 또 그 마음을 잘 아는 아내였겠지만, 어르신의 노동을 지켜봤던 아내로서는 더욱더 강하게 손사래를 칠 일이다. 아내에게는 당연했던 손사래인데, 그것이 불호령으로 돌아와 더 난감해졌겠지. 우유 하나를 두고 실랑이를 하는 두 사람의 모습을 떠올려보면 다정함이 느껴지지만, 현실적으로 생각해보면 참 난감한 상황이다. 아내는 차라리 어르신이 우유를 주지 않으셨으면 좋겠다고 생각했겠지만, 내가 어르신이었더라도 손녀 같은 아르바이트생에게 바나나맛 우유를 사주고 싶었을 것 같다. 어찌 되었든 훈훈한 광경이다.

꼭 이런 에피소드 때문만이 아니라, 슈퍼마켓에서 쏟아져 나오는 상자와 그 상자를 수거해 가시는 어르신을 보면서 문득 일종의 깨달음이 왔다고나 할까. 상자에 붙은 테이프를 칼로 끊으면 지금 당장은 빠르고 편리하게 상자에서 물건을 꺼낼 수 있다. 하지만 이 상자가 재활용되기 위해서는 상자에 붙은 테이프가 없어야 한다. 내가 뜯지 않는다면, 혹은 세상의 모두가 뜯지 않는다면 파지를 줍는 어르신이든 재활용 센터에 있는 사람들이든 누군가는 산더미처럼 쌓여 있는 상자에서 테이프를 일일이 뜯어내야만 한다. 이런 사실을 모르고 살았던 것은 아니지만, 바나나맛 우유를 건네던 어르신을 통해서 그 생각이 실천으로 바뀌어 현재는 강박에 가까운 행위가 되었다고 한다. 어르신이 건넨 우유와 무심코 상자에 붙어 있던 동그란 테이프가 아내에게 '테이프 분리 강박증'을 선사한 셈이니, 세상을 어떻게 보고 어떻게 생각하느냐에 따라 삶의 형태가 달라질 수 있다는 어쩌면 당연한 생각이 든다.

동그란 테이프가 아내에게 건강한 형태로 몸과 마음에 배어 있어서 감사할 따름이다.

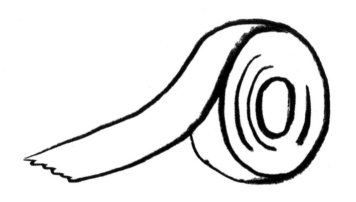

스노 글로브

아내와 나는 기념일 챙기는 것을 중요하게 생각하지 않는다. 생일이나 결혼기념일에도 특별한 의미를 두지 않고 인생의 여러 날 중 하나일 뿐이라고 생각한다. 우리나라만 쓸데없이 많은 것 같은 'XX 데이' 따위는 말할 것도 없다. 만약 아내가 기념일을 챙기는 스타일이었다면 나는 빵점짜리 남편이었을지도 모른다.

그런 아내가 크리스마스 선물로 '스노 글로브'를 받고 싶다고 본인의 입으로 직접 말했다. 이런 적이 없었기에 열 일 제쳐두더라도 이것만은 준비하겠노라 다짐했지만, 아내가 가지고 싶었던 스노 글로브의 정확한 모델명과 해당 좌표를 친절하게 안내해줘서 내가 할 일은 사실 결제뿐이었다. 비장한 각오 따위는 애초에 필요 없었다. 덕분에 큰 에피소드 없이 스노 글로브는 아내의 곁에 도착했다.

동그랗고 영롱한 유리 속에서 부드럽게 내려앉는 눈 모양의 입자를 보고 있으니 그동안 봐왔던 스노 글로브와는 다른 느낌이 들어 아내에게 어디서 만들어진 건지 물어봤다. 1900년부터 지금까지 같은 장소에서 같은 방법으로 스노 글로브를 만들어온 곳이란다. 무려 120년 동안 한 곳에서 한 가지 물건을 만들다니! 스노 글로브라는 물건이 그들에게 어떤 의미였기에 긴 세월 동안 같은 자리를 지킬 수 있었을까. 한 가지 분야에 10~20년의 경력을 가진 사람만 봐도 엄청난 내공과 아우라가 느껴지는데, 변화의 속도가 빠른 시대를 살아가고 있는 나에게 120년이라는 시간은 허무맹랑하게 느껴진다.

그럴 만도 한 게, 아내와 나는 프리랜서로 일을 시작한 지 이제 겨우 4년이 되었다. 4년의 시간을 꾸려나가는 것도 벅찼는데, 120년이라니. 그 세월에 녹아 있을 애환들을 상상해본다. 상상만으로도 버겁다. 120년은 정말이지 허무맹랑하게 느껴진다.

모든 것이 빠르게 변해가는 요즘, '버틴다'라는 말을 많이 듣곤 한다. 나 역시 요즘 들어 버티는 삶을 사는 듯한 기분이 든다. 새로 생긴 카페나 가게들만 봐도 1년을 버티는 게 목표라고 말하는 주인들이 제법 많다. 아내와 내가 프리랜서로 전향했을 때도 일단 1년만 꾹 참고 해보자고 이야기했던 기억이 난다. 그 뒤까지 생각하기에는 눈앞에 닥친 현실의 벽이 너무 높게만 느껴졌다. 꿈을 위해서건, 삶을 살아가기 위해서건 무언가를 새롭게 시작할 때 어쩔 수 없이 '버틴다'라는 개념이 함께 따라온다. '버틴다'는 것에 우리는 너무 익숙해져 당연하게 여기고 있는 듯하다.

120년은 고사하고 '지금'을 버티는 것도 벅차 울적하지만, 생각을 살짝만 틀어보면 버티는 1년이 있어야 앞으로의 시간도 존재할 수 있는 것 아니겠는가. 어쩌면 '버틴다'는 억척스러운 느낌의 말이 우리의 버팀을 더 고단하게 만들고 있을지도 모른다. 뽀송뽀송하고 보다 여유가 느껴지는 표현으로 바꿔 말하면 훨씬 더 좋겠다. 예를 들어 '미래의 멋짐을 위해 준비하는 시간'을 줄여서 '미준시'라든가. (하루키 선생님의 '소확행'을 흉내 내보았다.)

"요즘 겨우겨우 버티고 있어"라는 말 대신 "지금은 미준시 중이야"라는 식으로 바꿔 말하니 그저 버티는 삶이 아닌 진짜 미래를 준비하는 시간처럼 느껴진다. 미약할지라도 말에는 분명 힘이 있으니까. 그것이 모이고 모이면 버티는 1년을 넘어서 2년, 20년을 만들어갈 밑거름이 되지 않을까. 얼마 지나지 않아 망각할 게 뻔하지만 일단은 동그란 스노 글로브를 볼 때마다 '미준시'를 떠올려야지.

사과

'아침에 먹는 사과는 금이요, 밤에 먹는 사과는 똥이다'라는 다소 거친 말을 한 번쯤은 들어봤을 것이다. 이 말이 어찌나 강력하게 와 닿았는지 동그란 사과를 바라볼 때면 어김없이 생각난다. 이 말에 따르면 나는 그동안 얼마나 많은 똥을 먹었던 건가.

늦은 밤 출출한 배를 부여잡고 사과와 라면을 놓고 고민하다가 '사과는 똥이니까, 차라리 라면을 먹자'고 생각하게 만든 그 말은 도대체 어떤 이가 만들고 퍼트린 걸까. 혹시 라면 회사의 마케터인가.

밤에 먹든 아침에 먹든, 사과보다 라면이 훨씬 더 내 몸에 '똥' 같은 것일 텐데, '그 말'에 노예가 되어버린 나

는 항상 미련하게도 라면 봉지를 뜯고야 말았다. 사실
이 말이 아니더라도 나는 라면을 선택했을 것이다. 사과
보다 라면을 선택하기 위한 합리화의 수단으로 '그 밀'을
이용한 것뿐이니까. 어쩌면 최초 유포자도 이 마음이었
을지 모른다.

잼 병

어젯밤 아내와 함께 장을 보러 마트에 갔다. 우리는 약간 즉흥적으로 마트에 가는 편인데, 어제 역시 그랬다. 며칠째 집에만 있다가 오랜만에 나간 터라 구경하는 재미가 쏠쏠했다. 평소와 다르게 이것저것 제법 꼼꼼하게 둘러보던 중 평소에는 그냥 지나쳤던 잼/스프레드 코너에서 발길을 멈췄다. 모처럼 잼이나 사서 식빵에 쓱 발라 아침으로 먹으면 좋겠다는 생각에 뭐가 있나 천천히 보기 시작했다.

각종 과일잼부터 한때 악마의 잼이라 불렸던 초콜릿 스프레드, 미국스러운 땅콩 스프레드, 커피의 단짝 과자(로투스) 스프레드까지 종류는 다양했다. 우리는 그중에서도 로투스 스프레드에 시선이 멈췄고, 동시에 "아! 오랜만이다. 이거 하나 사자"라고 말하곤 카트에 얼른 한 병 집어넣었다.

로투스 스프레드 병을 보니 예전에 있었던 일이 생각 났다. 때는 4년 전. 직장을 그만두고 프리랜서로 전향한 직후, 일이 없으니 돈도 아껴 써야 했다. 한 달에 식비로 쓸 수 있는 돈은 고작 30만 원이었다. 둘이서 한 달에 겨우 30만 원으로 하루 세 끼를 먹으면서 살아가야 했다. 다행히 시간 여유가 많았을 때라 식단을 잘 짜고 가급적 마트가 아닌 재래시장에서 장을 보면 빡빡하긴 하지만 불가능한 정도는 아니었다. 적은 돈이었지만 잘 아껴서 외식을 즐기기도 했었다. 비록 햄버거 같은 패스트푸드이긴 했지만 나름의 낭만이 있었다. 둘이서 고작 만 원 정도밖에 쓸 수 없는 가난한 외식이었으나 해피밀을 시켜 먹으면 장난감까지 덤으로 받을 수 있으니 당시 우리에겐 제법 합리적이면서 한편으로는 근사한 외식이었다.

하여튼 사정이 이렇다보니 한 병에 5,000원짜리 잼을 사는 것도 당시의 우리로선 결단이 필요한 일이었다. 그

럼에도 인간의 혀는 간사한지라 우연히 맛본 로투스 스프레드의 맛을 잊을 수가 없었다. 우리는 마트의 잼 코너 앞을 서성이며 잼 병을 한참 들었다 놨다 반복한 끝에 힘겹게 바구니에 집어넣었다. 겨우 마음을 잡고 구매에 성공한 기쁨도 잠시, 끔찍한 일이 벌어지고 말았다.

쇼핑을 마치고 집으로 돌아가는데, 아내가 든 비닐봉지가 제법 무거웠는지 조금 힘겨워 보였다. 둘 다 내가 들겠다고 했더니 자립심이 강한 아내는 한사코 자기가 들겠다고 했다. 갈 길이 아직 멀기도 했고 내 두 손도 조금 무거웠던 터라 "그럼 물건 몇 가지만 내 쪽으로 옮기자"고 했다. 기분 좋은 실랑이를 멈추고 길모퉁이로 가서 짐 정리를 다시 했다. 그런데 그 많은 물건 중 하필이면 로투스 스프레드 병을 옮기다 떨어뜨렸다. 병은 손쓸 틈도 없이 영화의 한 장면처럼 묵직하고 둔탁한 소리를 내며 아주 깔끔하게 박살 나버렸다.

우리는 아무 말도 하지 못하고 한참 동안 병을 쳐다봤다. 그때 느낀 상실감과 좌절감은 이루 말할 수가 없다.

지금은 잊지 못할 추억으로 남아 있지만, 그땐 정말 망연자실했었다. 겨우 5,000원밖에 안 되는 것에 이런 감정을 느껴야 하는 우리의 모습이 우습고 처량하게 느껴졌다. 이후 한동안 동그란 잼 병을 볼 때마다 그때가 생각났다.

얼마 전에 비슷한 일이 생겼었다. 정신없이 바쁘게 하루를 보내다 시간을 쪼개 마트에 다녀왔다. 장거리를 정리하던 도중 식초병을 떨어뜨렸고, 그때처럼 산산조각이 나버렸다. 둘 다 한숨을 푹 쉬며 조용히 유리 조각을 줍고 키친타월로 식초를 닦아냈다. 망연자실했던 그때와 많은 것이 변해 있었다. 당시에는 5,000원이라는 돈을 아깝다고 느끼는 게 처량했다면, 이번에는 번거롭게 치워야 하는 것에 짜증이 났고 다시 식초를 사러 가기가 너무나도 귀찮았다. 무엇보다 시간이 너무 아까웠다.

별것 아닌 일 앞에서 느꼈던 감정을 통해 나는 어떤 생각을 하면서 지냈고 지금은 어떠한가를 깨닫게 되었다. 아마도 그때의 나는 돈이 중요했고, 지금의 나는 시

간이 소중한 모양이다. 돈이 시간이고, 시간이 돈이라는
말이 진짜인가보다.

아내의 콧구멍

어떻게 적어야 무릎을 탁! 치며 "맞다. 맞아!"라고 공감할 수 있을까. 다른 사람들은 되는데 나만 안 되는 애증의 기술들에 관해 말하려 한다. 손가락을 곧게 세운 후 손톱이 있는 첫 번째 마디를 45도 각도로 힘차게 꺾기, 눈썹 자유자재로 움직이기, 미간 찌푸리지 않고 윙크 멋들어지게 하기 같은 것들 말이다.

아내는 혓바닥을 U자 모양으로 만드는 것이 잘 안 되고, 나는 코 평수를 넓혔다 좁혔다 하는 것이 좀처럼 되질 않는다. 제아무리 노력해도 나의 콧구멍은 꿈쩍도 하질 않는데, 아내는 엄청난 스피드로 콧구멍을 자유자재로 움직인다. 그 모습을 보면 상당히 재밌기도 하지만 그것보다 부러운 마음이 더 크다. 나도 저렇게 콧구멍을 자유자재로 벌렁거리고 싶어서 말이다.

언젠가 아내에게 "나도 너처럼 코 평수를 자유롭게 컨트롤하고 싶다"고 내 심정을 고백한 적이 있다. 그때부터였을까. 가끔 아내는 고개를 치켜들고 자랑하듯 콧구멍을 벌렁거린다. 그 모습을 보면 나는 또 반사적으로 웃음을 터트리고야 만다. 결핍이 낳은 저주인가. 나는 누군가 콧구멍 벌렁거리는 모습만 보면, 희한하게 기승전결 따위 없이 저절로 웃음이 나온다. (혹시나 나를 웃기고 싶으시다면, 코를 치켜세우고 콧구멍을 벌렁거려주세요. 허허허.) 심지어 아내의 콧구멍은 평소에는 타원형을 하고 있지만 콧방울에 힘을 잔뜩 넣으면 신기하게도 완벽에 가까운 동그라미로 변한다. 그게 또 신기해서 콧구멍을 뚫어지게 쳐다보며 계속해보라는 식으로 이야기하곤 한다.

아내와 달리 나는 혓바닥을 U자로 만드는 것이 가능하지만, 초등학교 때는 이게 좀처럼 되지 않았다. 당시 친구들은 아주 손쉽게 혓바닥을 말아서 나를 향해 내밀며 약올렸었다. "왜? 넌 이게 안 돼?"라는 친구의 그 말

한마디에 세상을 잃은 듯한 기분이 들곤 했다. 이후로 한동안 손가락으로 억지로 혓바닥을 접어서 U자를 만든 다음 윗니로 누르고 다녔었다. 그렇게 며칠 다녔더니 어느새 손가락을 쓰지 않고도 동그랗게 혓바닥을 말 수 있게 되었다. 이런 경험이 있었기 때문에 '콧구멍 자유자재로 벌렁거리기'도 노력만 하면 될 줄 알았는데, 이리저리 용을 써봐도 쉽지 않다. 이대로 가다가는 평생 아내의 동그란 콧구멍의 빠른 움직임을 동경만 해야 할 판이다.

아마도 내 DNA 깊숙이 각인된 '콧구멍 근육의 컨트롤' 한계치는 여기까지인가보다. 누구나 이런 것쯤 하나씩은 있으니까 그걸로 되었다.

벙거지 모자

    내 머리숱은 정말이지 지독하게 많다. 모공 하나에 머리카락이 네다섯 개씩 자라고 있는 데다가 머리카락은 또 어찌나 굵은지 말도 못 한다. 탈모로 고민하는 사람들이 이 글을 싫어할 수도 있겠지만, 적당하지 못한 머리숱에도 적잖은 고충이 따라온다. (비할 바는 안 되겠지만요.) 빈틈없이 빼곡하게 들어찬 머리카락 때문에 길이가 길든 짧든 내 헤어스타일은 참 볼품없다. 거울을 보고 있노라면 한숨이 절로 나온다. 제아무리 멋을 부려봤자 헤어스타일에 따라서 내 인상은 아재와 형, 오빠 사이를 넘나든다.

    말인즉 때 빼고 광내봐야 머리를 손질하지 않으면 소용없다는 이야기다. 그렇게 헤어스타일이 인상을 좌지우

지한다면 미용실에 가거나 헤어 디자이너에게 관리를
받으면 되지 않냐고 반문할 수 있지만, 제아무리 뛰어난
헤어 디자이너가 내 머리를 손질해준다 한들 그것이 무
슨 소용이랴. 그런 호사를 누리는 것도 어쩌다가 한두
번이지 매일 손질을 받을 수도 없는 노릇이라 1년 365일
중 320일 정도는 내 머리 위에 모자가 얹혀 있다. 나머
지 45일도 집 밖을 나가지 않는다는 가정 하에 그렇지,
만약 1년 내내 외출을 한다고 치면 하루도 빠짐없이 모
자가 얹혀 있을 것이다.

　이런 이유로 모자는 나에게 패션 아이템을 넘어 마치
속옷과도 같다. 모자 없이 외출하기란 절대 쉽지 않은 일
이다. 물론 어쩔 수 없는 상황이라면 '노팬티'로 외출은
할 수 있지만, 한껏 의기소침해지거나 신경이 쓰여서 다
른 일에 집중을 할 수 없다. 이렇듯 모자를 쓰지 않고 외
출을 한다는 것은 나로서는 힘든 일이다. 모자에 대한
애착과 집착이 강하기도 하고 욕심쟁이 기질이 있어서
그런지 옷장은 각양각색의 모자로 가득하다. 바로 일주
일 전에도 무언가에 홀린 듯 모자를 두 개나 샀다.

수많은 모자 중에서도 지난가을 오키나와에서 산 벙거지 모자를 가장 좋아한다. 얼핏 보기에는 여느 벙거지 모자와 별다를 것 없이 평범하다. 소재가 특별하거나 귀여운 자수가 놓인 것도 아니다. 요리조리 살펴봐도 평범한 모자인데, 이 녀석을 쓸 때면 유난히 내게 모자가 잘 어울린다는 생각을 지울 수가 없다. 나와 찰떡같이 잘 어울리는 모자를 찾았을 때의 기쁨은 뭐랄까, 얼떨결에 산 물건이 인생템이 되어버린 느낌이랄까. 그건 마치 드러그스토어에서 '3만 원 이상 구매 시 사은품 증정' 같은 이벤트에 혹하여 금액을 맞추려고 코 팩(버리는 카드 같은 느낌)을 샀는데, 기대와는 다르게 피지를 말끔하게 제거해줬을 때 느끼는 환희와 같다. (코 팩에 붙어 있는 엄청난 피지들을 바라볼 때의 그 후련한 전율을 갑자기 맛보고 싶네요. 아, 코 팩 하고 싶다.)

오키나와에서 산 이 벙거지 모자는 마치 코 팩처럼 큰 기대 없이 구매한 '여행 기념품' 수준이었다. 요즘 말로 '최애템'이 될지 몰랐다. 이 동그란 벙거지 모자가 너무도 좋아져버린 나머지 아내에게 "아무래도 모자 사러 오키나와 한 번 더 가야 할 것 같아"라며 진심 가득 실어서 농담인 척 이야기하곤 했다. 아내와 다시 오키나와에 간다고 하더라도 그날까지 기다리지 못할 게 뻔한 나는 결국 모자에 붙은 라벨을 들고 정보의 바다(인터넷)로 뛰어들었다. 생각보다 어렵지 않게 판매처를 찾을 수 있었는데 벙거지 모자를 포함한 다양한 종류의 모자를 취급하는 모자 전문 브랜드였다. 어찌나 기뻤던지 세상 행복한 미소가 절로 머금어졌다. 설레는 마음으로 새로운 색상의 벙거지 모자 두 개를 구매하고선 "크으으 세상 좋아졌다" 하며 흡족한 마음으로 택배를 기다렸다. (택배 상자를 뜯는 환희의 순간은 두말하면 입 아프니 생략합니다.)

내가 가진 모자와 색상만 다를 뿐, 틀림없이 똑같은 것을 주문했기에 이 벙거지 모자는 나와 잘 어울려야 하는 게 당연하다. 그런데 거울 속에 비친 내 모습은 어째영 석연찮았다. '아… 이게 아닌데… 어째서 다른 느낌이지.' 겉으로 보기에는 분명 똑같은 제품인데 막상 모자를 써보면 어딘지 모르게 다른 느낌이다. 뭔가 잘못되었다는 생각이 들어서 모자를 수차례 썼다 벗기를 반복하다 급기야 '줄자'를 들고서 두 모자를 꼼꼼히 비교하기 시작했다. 맨눈으로 보기에는 큰 차이가 없었는데, 줄자로 이리저리 사이즈를 체크해보니 모자챙의 길이와 각도, 두상을 감싸는 부분의 깊이가 미세하게 차이 났다. 고작해야 1~2센티미터 정도의 차이. 이 정도의 차이로 완전히 다른 느낌을 연출할 수 있다는 게 놀라웠다.

하지만 곰곰이 생각해보면 그리 놀랄 일도 아니다. 어쩌면 당연한데 익숙하지 않다보니 빠르게 인지하지 못했을 뿐이다. 하물며 라면을 끓일 때조차도 그렇지 않던가. 물의 양, 수프의 양에 따라 맛의 차이가 나기 마련이다. 글을 쓰는 것도, 그림을 그리는 것도, 공예품을 만드는 것도, 공산품을 만드는 것도, 어쩌면 세상에 존재하는 대부분이 이와 마찬가지이지 않을까. 이 작은 차이가 세상 어디에든 존재한다는 걸 인지하고 곧바로 자각할 수 있으려면 앞으로 얼마나 많은 양의 동그란 벙거지 모자들을 비교해야 할까.

몬치치

'몬치치'라는 캐릭터를 아시는지? 얼굴의 전체 윤곽을 포함하여 눈, 코, 입, 귀 그리고 오동통한 볼까지 전반적으로 동글동글하게 생긴 캐릭터다. 원숭이라고 하기에는 너무나도 귀여운 아기의 얼굴을 하고 있고, 인간이라고 하기에는 마치 원숭이처럼 얼굴과 손, 발을 제외하곤 모조리 털로 뒤덮여 있다. 마케팅이 잘되어 있는 디즈니의 캐릭터였다면 원숭이인지 사람인지 굳이 알려고 하지 않아도 알아버렸을 텐데, 귀엽고 동글동글한 몬치치는 그 정도까지 되기는 힘들었나보다.

톰이나 제리 같은 유명세가 없는 탓에 몬치치라는 이름이 생소할지 몰라도 이 귀여운 얼굴은 누구나 한 번쯤 봤을 것이다. 여기에 또 다른 특징은 페이스북의 '좋아요'

와 같은 손 모양을 하고 있는데, 엄지손가락을 쪽쪽 빨고 있는 아기에서 모티브를 얻었는지 몬치치 인형은 동그란 입에 엄지손가락을 끼울 수 있다.

몬치치를 볼 때마다 친근함이 느껴지는 게 꼭 어렸을 적 집 안 어딘가에 몬치치가 항상 놓여 있었던 것만 같다. 하지만 몬치치와 연관된 특별한 추억은 전혀 없다. 그래서인지 오프라인이나 온라인에서 우연히 몬치치를 보더라도 '와 대박! 몬치치다. 너무 귀엽다. 사고 싶어'가 아니라 '몬치치다. 이거 예전에 우리 집에 있었던 거 같은데⋯' 하는 미적지근한 반응이 나온다.

3년 전에 오키나와의 빈티지 가게에서 실로 오랜만에 몬치치를 만났을 때도 그랬다. 내가 알거나 내가 쓰던 것, 가지고 있던 것을 우연히 보게 되었을 때 나오는 그런 반응이었고 딱 거기까지였다. '귀여운데 살까?'라든지, 아니면 '와! 얼마 만에 보는 몬치치야. 이것도 추억인데 하나 살까?'라든지, 그것도 아니면 '여행 온 기념으로 하나 살까?' 뭐 이런 반응 정도는 나와야 할 것 같은데,

몬치치를 위해서는 결코 단돈 1원도 쓰지 않을 사람처럼 냉정하고 매몰차게 고개를 돌렸다.

작년 초여름 무렵, 머리를 감고 말리는 과정이 너무 고통스러워서 2년 넘게 기른 머리카락을 잘랐다. 어깨까지 오는 머리를 그냥 적당히 자른 게 아니라 완전히 빡빡 밀어버렸다. 이럴 때 보면 나는 중간이 없는 사람 같다. 아내를 만난 후 이런 식으로 빡빡머리를 만든 게 벌써 두 번째인데, 처음도 역시 이와 같은 흐름이었다. 아무튼 머리를 감고 말리지 않아도 되는 것이 너무 좋아서 한동안 계속해서 빡빡머리를 유지했다.

그렇게 계절은 두 번이 바뀌었고 해가 넘어갔다. 해가 바뀌고 한두 달이 지났을까. 빡빡머리가 지겹거나 머리가 휑하여 추워서 그랬다기보다는 순전히 미용실에 가는 게 귀찮아져서 차일피일 미루다보니 어느덧 더벅머리가 되어버렸다. 집 밖을 나갈 때도 항상 모자를 쓰다보니 헤어스타일이 어떻든 크게 신경 쓰지 않았는데, 머리가 점점 길어질수록 모자를 벗은 후의 내 꼴은 흡사

'영구' 같았다.

어느 날이었던가. 영구 머리처럼 떡 진 내 머리를 보며 아내는 불현듯 "몬치치다! 몬치치야~ 몬치치야~" 하며 소리쳤다. 모자에 눌린 나의 헤어스타일은 좋게 말하면 몬치치고 우스꽝스럽게 이야기하면 영구인데, 아내 눈에는 몬치치였나보다. 이 부분에 대해서는 아내에게 상당히 고맙게 생각하는 바이다. 난생처음 가져보는 귀여운 별명 때문이었을까. 몬치치 자체가 귀엽기도 하지만 '몬치치'라는 귀여운 발음 때문에 더욱더 귀엽게 느껴졌다. 아니면, 내가 몬치치의 귀여운 외모라도 가진 것 같은 기분이 들어서였을까. 오키나와의 빈티지 가게에서 몬치치를 봤을 때만 해도 단지 '내가 아는 캐릭터'에 불과했는데, 아내가 나를 '몬치치'로 불러준 그 순간부터 몬치치에게 남다른 애정이 생기기 시작했다.

그동안 거들떠보지도 않았었는데, 어느샌가 검색창에 '몬치치'를 입력하는 지경에 이르렀고 결국에는 몬치치 인형을 내 손으로 직접 구매까지 하게 되었다. 태어나서

처음으로 산 인형이다. 너무 우스운 것은 난생처음 산 인형이 아내를 위한 선물이 아니라 수염 덥수룩한 나 자신을 위해 샀다는 사실이다. 생각해보라. 다 큰 아재가 자신을 위해 귀여운 인형을 사겠다고 인터넷을 하는 모습을. 그것도 자기 몸뚱이만큼 큰 녀석을 말이다. 망측하기 짝이 없다. 그런 내 모습을 지켜보던 아내는 "뭐야. 왜 이렇게 큰 거 샀어?"라고 말하고선 한참을 깔깔거리며 웃었다. 내 입으로 말하기 민망하지만, 자동차 뒷좌석에 앉혀놓을 요량으로 큰 아이를 샀다. 일단 좋아서 사긴 했는데, 망측한 것은 어쩔 수 없다. 에잇, 다 모르겠고 택배나 빨리 왔으면 좋겠다.

카메라 렌즈

어렸을 때는 낯가림이 심했다. 그래서인지 까불거리는 친구들을 보며 괜스레 부러워했던 기억이 난다. 친구들 앞에서 재밌게 노는 모습, 선생님이나 어른들 앞에서 익살스럽게 재롱을 피우는 게 참 좋아 보였다. 넉살 좋은 친구들을 동경했었고 닮고 싶다는 생각을 자주 했었지만, 넉살이라는 것이 생각처럼 쉬이 생길 리가 없다. 낯가림 심한 사람이 넉살 좋은 사람처럼 말하고 행동하려면 많은 용기가 필요한데, 이런 용기는 다시 태어나거나 정말 피나는 노력을 해야만 얻을 수 있다. 어설픈 노력으로는 손발 오그라드는 치욕감만이 기다리고 있을 뿐이다. 웃긴 것은 이 치욕감은 타인이 주는 게 아니라 본인이 본인에게 선사한다는 것이다.

지난날 내가 나에게 안겨줬던 치욕적인 순간들을 생각하면 먼지가 한가득 날리도록 이불을 차도 모자를 판국이다. 글을 쓰고 있는 지금도 어디론가 숨어버리고 싶다. 나는 왜 하필이면 분수에도 맞지 않는 넉살을 가지고 싶어 했나 모르겠다. 솔직히 말하자면 아직도 넉살에 완전히 미련을 버리지 못했는지, 아니면 그때의 수치심을 망각해버렸는지, 나는 또 불나방처럼 넉살이 필요한 상황 속으로 날아가고 싶어 근질근질한다. 지금은 간신히 이성의 끈을 잡고 있지만 언제 또 놓아버릴지 모른다.

내가 이럴 수밖에 없는 이유는 따로 있다. 낯가릴 필요가 없는 아내나 친구들 앞에서는 온갖 애교와 재롱을 아낌없이 쏟아내는 것은 물론, 개그의 승률까지 매우 좋다. 사정이 이렇다보니 다른 사람 앞에서도 내 개그가 통할 것만 같고, 그 마음이 꼭 넉살이 생긴 것 같은 착각을 주기 때문이다. 이게 어디까지나 넉살 따위 필요 없는 아주 가까운 사람들에게나 통한다는 걸 잘 알면서도 그들의 호의적인 반응이 그 사실을 자꾸 망각하게 만든다. 요즘도 친구들을 만나면 한바탕 신나게 웃고 떠들고 까불거리는데 그때마다 "유튜브 해라. 재밌을 거 같다"는 말을 자주 듣곤 한다. 그럴 때면 정말이지 용기도 나고 진짜 잘할 수 있을 것 같은데, 신기하게도 동그란 카메라 렌즈만 보면 얼굴이 굳어버린다. 이건 마치 멍석을 깔아주면 아무것도 못 하는 것과 같은 원리이다.

더 신기한 것은 아내와 단둘이 있을 때는 세상 넉살 좋은 사람처럼 행동하고 부끄러움을 모르는 사람처럼 까불면서 아내가 카메라 렌즈를 들이미는 순간 언제 그랬냐는 듯 목석이 된다. 아내 앞에서는 절대 부끄러움을 느끼지 않는데도 불구하고 이런다. 동그란 카메라 렌즈가 날 향하면 어느새 몸과 얼굴이 굳어버리고 세상 낯가림 심한 사람이 되어 어색한 공기를 스스로 만들어버린다. 거기다 한술 더 떠 혼자 있을 때도 마찬가지다. 화장실에 들어가 거울을 보며 민망하기 짝이 없는 표정을 잘도 지으면서 카메라나 스마트폰을 들이대면 어느새 나는 잔뜩 화가 난 사람의 얼굴이 되어버린다.

어느 예능 프로그램에서 별로 웃기지 않은 개그맨을

두고 "카메라가 꺼지면 참 재밌는 친구인데 카메라만 돌면 아주 재미가 없어진다"며 사람들이 낄낄거리던 장면을 봤다. 나는 그 장면을 보면서 마냥 까르르 웃지 못했다. 남 일 같지 않아서 말이다. 내가 딱 그렇다. 나는 개그맨도 아니고 연예인도 아니어서 '카메라 울렁증' 따위 있든 없든 아무 상관이 없음에도 불구하고 '아… 나도 카메라 울렁증 있는데 어떡하지' 하며 쓸데없는 걱정을 한다. 마치 내가 그 개그맨이라도 되는 듯 일자리를 잃을 것 같아 초조했다. 내가 생각해도 어이없지만 일단은 그랬었다. (혹시나 해서 이야기하는데 '초조'라는 표현을 썼지만, 그 초조함은 한없이 가벼운 것이다. 그러니 너무 걱정하지 마시길.)

하여튼 다년간의 경험으로 동그란 카메라 렌즈 앞에서 넉살을 선보이려면 나로서는 다시 태어나는 방법 밖에 없다고 잠정적 결론을 내리게 되었다. 한때 부모님을 보면서 어쩌면 나도 나이가 좀 더 들면 괜찮을지도 모른다고 생각했다. 낯가림이 심한 아버지가 낯선 사람들과 자연스럽게 농을 나누는 모습을 심심찮게 봤으니 말이다. 그런데 어쩐지 내 넉살은 한 살 한 살 먹어갈수록 점점 더 편협해지는 것 같다. 나와 전혀 다른 노선을 가고 있는 사람들과 말을 섞거나, 그들의 이야기를 들어주고 공감하는 척 행동하기가 날이 갈수록 힘들어진다.

어쩌다 내 의지와는 상관없이 그런 날을 보낸 하루는 기가 쪽쪽 빨려서 파김치가 되고 만다. 그럴 때마다 만약 내가 낯가림이 없었다면 얼마나 피곤했을까 하는 생각이 들어 아찔하다. 넉살을 가지지 못해 아쉽긴 하지만 낯가림이 심한 나에게는 오히려 다행이라는 생각이 든다. 나한테 맞지 않는 옷은 일찌감치 포기하는 편이 좋을지도 모른다. 나도 이제는 확실하게 넉살을 포기해야겠다. 잘될지는 모르겠지만….

불판

어렸을 때의 난 선택적 또는 자발적 베지테리언이 아닌 운명적 베지테리언(엄밀히 따지면 페스코)이었다. 무슨 말인가 하면 건강이나 윤리적인 문제로 고기를 안 먹는 게 아니라, 고기의 비주얼이 너무도 징그러운 나머지 도저히 그것을 먹을 수가 없었다. 특히 익히지 않은 상태의 붉은 살점을 보고 있으면 온갖 상상이 절로 들었고, 천장에 매달린 채 갈비뼈를 드러낸 가축들을 처음 봤을 때의 충격이 잔상으로 남아 머릿속을 유영하고 있었기 때문이다.

세상의 모든 정육점은 정말이지 모조리 없어졌으면 좋겠다고 생각했었다. 나의 염원 때문에 사라진 것은 아닐 테지만, 요즘은 정육점을 보기가 힘들다. 참 희한하다.

고기의 소비량은 예전보다 훨씬 더 늘어났는데, 그 많던 동네의 정육점들은 다 어디로 갔는지 어느샌가 한 곳도 보기 힘들어졌다. 정육점이 싫긴 했지만 그래도 그때가 훨씬 더 따뜻한 느낌이었는데, 그런 바람 따위는 가지지 말걸 그랬다.

예전에는 지금처럼 고기가 풍요롭지 않아 '고기' 하면 아이, 어른 할 것 없이 기뻐 날뛰던 시절이었다. 그런데도 고기를 먹는 특별한 날이면 어린 나는 엄청난 고역을 겪어야 했다. 엄했던 아버지는 "이놈 자식이 배가 불렀다"며 불호령이시고, 어머니는 "골고루 먹어야 건강하지"라며 핀잔을 주셨고, 누나는 "이 맛있는 걸 안 먹어? 내가 다 먹어야지~" 하며 놀려댔다. 이런 삼중고를 겪었지만 절대 굴하지 않고 고기 따위 일절 입에도 넣지 않았다. 그저 속으로 '내 마음도 모르는 바보들'이라고 생각하며, 어떤 일이 있어도 먹지 않겠노라 다짐했다. 사실 다짐이고 나발이고 할 것도 없다. 고기를 입에 넣는 것은 마치 바퀴벌레를 먹는 것과도 같은 느낌이어서 누가 뭐라고 한들 절대 입에 넣을 수가 없었으니까.

여담인데, 5년 전쯤 아버지가 나에게 했던 말이 생각난다. "사람 싫은 것과 음식 싫은 것은 웬만한 각오로는 도무지 어떻게 할 수가 없어." 정말 공감이 갔다. 다른 것들은 싫어도 제법 참아지는데 이 두 가지를 억지로 받아들이기란 불가능에 가깝다.

하여튼 이런 나라서 고기를 전혀 먹지 않았다. 아니, 먹지 못했다. 스무 살 때까지는 그랬다. 스물한 살이었던가. 정확하게는 기억나지 않지만, 당시의 여자 친구를 따라서 대패삼겹살 집에 갔었다. 동그란 불판 위에서 빠르게 익어가다 못해 순식간에 노릇노릇한 과자처럼 변해버리는 삼겹살을 보며 '나도 이제 어른인데 한번 먹어볼까?' 하는 생각이 들었다. 흡사 아메리카노의 색을 띤 바싹 구워진 얇은 삼겹살을 집어 조심스레 한 입 베어 물었다. '응? 고기가 원래 이런 맛이었나?' 그 맛은 마치 이제 막 구워낸 과자 같았다. 만약 내가 처음 먹은 고기가 대패삼겹살이 아닌 두툼한 생삼겹살이었다면, 지금과 같은 '고기 러버lover'가 되지 않았을 수도 있다.

이때부터 서서히 고기의 참맛을 알게 되었고, 지금은 고기를 무척 좋아한다. 마음 같아서는 매일매일 질리도록 먹고 싶지만, 건강 관리 차원에서 그 마음을 억누르며 살아가고 있다. 한 달에 한 번 정도 고기를 먹는데, 동그란 불판 위에서 가지런히 구워지는 고기를 보고 있노라면 고기를 먹지 않았던 지난 세월이 떠올라서 원통한 기분이 든다. 젠장, 이럴 줄 알았으면 그때 실컷 먹을 걸 그랬다.

지금의 나는 불판 위에서 구워지는 고기를 대할 때 꽤 진지하다. 고기 맛을 오롯하게 느끼기 위해 노력한달까. 뭐 그렇다. 이런 내 모습을 어린 시절의 내가 본다면 기겁하겠지? 지금의 나는 고기를 먹지 않은 그때의 내가 안타깝고, 어린 시절의 나는 지금처럼 고기 러버가 된 내 모습에 흠칫 놀랄 테고. 이래서 세상은 요지경인가보다. 이런들 어떠하고 저런들 어떠하리오. 모르겠고, 오랜만에 고기나 실컷 먹고 싶다.

동전 파스 I

이른 아침부터 두통이 찾아와 머리가 지끈거렸던 어느 날, 두통약을 찾을 요량으로 상비약을 모아둔 서랍을 열었다. 뒤적뒤적 약을 찾는데 일본 여행 중에 구매했던 동그란 파스, 일명 '동전 파스'가 보였다. 웬만해서는 파스를 잘 쓰지 않는 편이라 이것 역시 포장도 뜯지 않은 상태 그대로였다. 서랍 깊숙이 박혀 있어서 그런지 파스 상자는 여기저기 볼품없이 구겨져 있었다. 사실 이 파스는 순전히 패키지가 마음에 들어서 구매했었다.

내가 심히 좋아하는 색상 조합이다. 남색과 베이지색이 메인이고 제조사에서 생각하는 중요한 정보는 빨간색 글자로 되어 있는 심플한 패키지인데, 이 삼색 조합은 나로서는 그냥 지나치기가 힘들다. 내용물이 파스든 뭐든 이 조합을 만날 때면 어김없이 발길을 멈추게 된다.

만약 그 제품이 파스라면 '아~ 요즘 나이가 들어서 그런지 컴퓨터를 조금만 해도 손목이나 어깨가 뻐근한 것 같아. 파스라도 붙이는 게 좋겠어' 이런 식이고, 혹 그 제품이 땅콩이라면 '이제 건강 생각할 나이지. 이제 과자보다 이런 땅콩을 먹는 편이 좋겠어' 이런 식이다. 내용물이 뭐든 이 삼색 조합을 한 패키지는 어떻게든 이유를 만들어내 구매해야 직성에 풀린다. 이 동전 파스 역시 그렇게 산 것이다. 서랍장 한편에 구겨진 채 처박혀 있는 이 파스는 내 합리화의 산물이다.

이렇게 산 것들은 얼마간의 시간이 흐르면 대체로 존재 자체를 잊게 된다. 그러다 지금처럼 우연히 마주하게 되면 '이게 여기에 왜 있지? 내가 이런 걸 샀었던가?' 하며 낯설어한다. 이런 패턴을 수없이 반복해왔기 때문에 이제 그만할 때도 되었다고 마음속으로 되뇌지만 '견물생심'이라 했던가. 취향을 저격하는 패키지를 보게 되면 도저히 안 사고는 그냥 넘어갈 수 없는 이유를 만들어낼 것이 뻔하다. 이쯤 되면 그냥 그러려니 넘어가도 될 텐데, 어김없이 스스로 만들어낼 합리화에 의미 없는 선전포고를 한다. '내 이번에는 절대 사지 않으리. 절대! 절대! 네가 이기나 내가 이기나 보자!'

　며칠 있으면 출장차 후쿠오카에 방문할 계획이다. 서랍 속에 찌그러져 있는 동그란 동전 파스를 보며 이번에는 반드시 승리하리라는 (어리석은) 다짐을 해본다.

풍선

풍선을 마지막으로 본 게 언제인지 모르겠다. 느낌상 20년은 된 거 같다. 풍선은 한 발짝 떨어져 볼 때가 제일 예쁘고 일정한 거리가 확보되었을 때 겨우 동심이 생겨난다. 가까이 갈수록 동심은 점점 사라져 결국엔 없어지고야 만다. 바람으로 꽉 들어차 빵빵해져 자신감 가득한 모양새를 하고 있지만, 사실은 한없이 가벼워서 잔잔한 미풍에도 줏대 없이 흔들리는 모습이 불안하기 짝이 없다. 그 모습이 꼭 허풍 가득한 나를 보는 것 같아서 괜스레 밉다.

사실은 금방이라도 터질 것 같은 기분이 계속 따라다녀 노심초사하며 풍선을 힐끔힐끔 쳐다볼 때와 '팡!' 하고 터질 때 깜짝 놀라며 어깨가 들썩일 때의 기분이 무엇보다도 불쾌하다. 이런 이유로 풍선은 멀리서 보는 게 제일 좋다.

가까이서 볼 때보다 멀리서 볼 때 아름다운 것들이 세상에는 훨씬 많다. 글을 쓰는 일도, 프리랜서의 생활도, 카페를 운영하는 것도 한 발 물러서 보면 낭만 가득하지만 그 생활 속으로 들어가게 되면 그야말로 현실이다. 현실에서 동화 같은 아름다움을 찾기란 아무래도 쉽지 않다. 저 멀리서 빛나고 있는 것도 가까이 다가가면 눈이 부셔 제대로 볼 수 없다는 것을 경험을 통해 알고 있지만 아름다움에 미혹되는 마음은 어쩔 수 없다. 그런 아름다워 보이는 것들이 나에게는 풍선처럼 느껴진다.

형형색색의 동글동글한 풍선들이 모여 있는 모습을 멀리서 바라볼 땐 정말 예쁘다. 하지만 그 예쁜 풍선이 예상치 못하게 터졌을 때 깜짝 놀라는 것은 정말이지 너무나도 싫다. 마치 길을 걷고 있는데 누군가 갑자기 뒤통수를 후려갈기고서 미친 듯이 도망가는 걸 멍하니 보고 있는 기분이랄까. 프리랜서의 생활이나 카페를 운영하는 것도 같은 맥락이다. 낭만이 있고 자유로운 것은 너무나도 좋지만 예상치 못하게 터지는 다양한 변수들이 너무 많다. 터질 듯 말 듯 아슬아슬한 풍선을 지켜보는 기분이나 '팡' 하고 터졌을 때의 불쾌한 놀람은 나에게 있어 고된 노동 후에 찾아오는 피로감과 유사하다. 글을 쓰다보니 풍선이 터지는 장면이 계속 떠오른다. 으….

동글동글한 풍선은 역시 멀리서 볼 때가 제일 좋다.

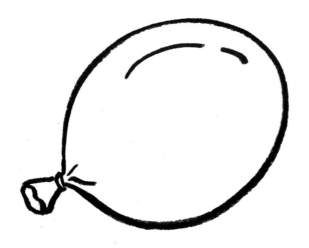

우산

어째서 한때 우리나라 판촉물의 절대 강자가 우산이었는지 모르겠지만, 우산은 돈을 주고 사는 물건이 아닌 시절이 있었다. 그래서인지 우산을 잃어버리거나 남의 것과 뒤섞여 아무거나 집어 와도 크게 개의치 않았다. 비 오는 날, 위에서 바라본 거리의 풍경은 동그란 체크 우산으로 빼곡했다. 촌스러운 초록색, 파란색, 베이지색 체크 우산들. 수십 년이 지난 지금도 사이즈만 달라졌을 뿐 우산은 여전히 인기 판촉물인 듯하다. 작년 한 해만 해도 우산을 두 개나 받았다.

그나저나 집에 있던 그 많은 우산들은 다 어디로 갔을까. 내 기억 속에 망가져서 버리게 되었던 우산은 분명 한두 개뿐, 반면 잃어버린 것은 수없이 많다. 돈 주고 사지도 않았던 우산은 어디서 생겨나고 어디로 사라졌을까. 집집마다 그런 우산들이 얼마나 많을까. 우리가 알지 못하는 신비한 양말 나라가 존재하듯이 우산 나라도 어딘가 있는 것이 분명하다.

안경

나는 어릴 때부터 시력이 좋지 않았다. 아니, 엉망이었다. 내 기억 속 안경은 마치 몸의 일부, 그러니까 신체 같은 거였다. 사람이라면 손과 발이 있고 손가락, 발가락이 각 열 개씩 있는 것과 같은 맥락이랄까. 안경은 나에게 자아라는 것이 생겨났을 때부터 늘 함께했던 존재였다. 지금이야 안경을 착용하는 사람들이 많지만, 그 시절에는 한 학급에 고작 두세 명 정도가 전부였다. 아차차. 혹시나 해서 하는 말인데 그땐 요즘과는 다르게 한 학급에 오십 명 정도가 보통이었다. 그러니까 대부분은 안경을 쓰지 않았었다.

어디까지나 개인의 짐작이라 확인된 바는 없지만, 언제부턴가 안경을 쓰고 싶다며 부모님께 조르는 어린이들이 부쩍 늘었다. 어릴 적 우리 집은 'TV 시청 금지'였던지라 직접 본 적은 없지만 아마도 유명 연예인이 엄청난 패션과 함께 안경을 끼고 등장해 붐을 일으켰던 게 아닐까 싶다. 안경원 앞에서 부모님과 사투를 벌이는 광경을 목격한 적도 있었고, 결의에 찬 표정으로 눈을 세차게 문질러 시뻘겋게 만들고선 집으로 들어가는 친구도 있었다. 조금 논리적인 친구는 컴퓨터 학원을 가려면 보호 안경이 필요하다는 명목으로 부모님을 설득하곤 했었다.

필요에 의해 안경을 써야만 했던 나로서는 이런 풍경이 도무지 이해가 가질 않았다. 사실 '도무지'까지는 아니었던 것 같기도 하다. 돌이켜보면 은근히 그 상황을 즐겼던 것 같다. 이미 가진 자의 여유와 허세랄까. 예전의 안경은 지금보다 무겁고 안경알도 유리여서 흙먼지 잔뜩 묻히고 뛰놀았던 그 시절의 어린이에겐 조금 위험했다. 이런 게 뭐가 그리 좋다고 그렇게 목을 매었을까.

곰곰이 떠올려보니 나에게도 이런 종류의 진풍경이

한번 있었다. 같은 학원에 다녔던 동생 중에 상당히 잘생긴 아이가 있었는데, 피부는 하얗고 머리는 염색하지 않았음에도 밝은 갈색을 띠었다(그 아이 이름이 아직도 생각난다. 퍽 강렬했던 모양이다). 그 아이가 환하게 웃을 때마다 교정기가 보였고 내 눈엔 그게 세상 그 무엇보다 멋져 보였다. 만화 〈드래곤볼〉에서 베지터가 스카우터(전투력 측정기)를 장착하고 처음 등장했을 때처럼 그 아이의 교정기가 내 마음을 사로잡았다. 교정기의 용도가 무엇인지도 모른 채 무작정 엄마에게 달려가 교정기를 끼게 해달라고 떼를 썼는데, 다행히 엄마 선에서 가볍게 야단만 맞고 끝났었다. 이가 가지런한 편이라 교정이 전혀 필요 없었으니 당연한 결과였을지도 모른다. 혹여나 아버지께 말씀드렸더라면 신나게 두들겨 맞아서 이 사건이 확실하게 각인될 뻔했다.

어른이 된 지금, 그때를 돌이켜보면 철없던 어린 시절의 행동이라곤 하지만 도무지 이해되지 않는다. 가끔 옛 친구들을 만나 이런 이야기를 나눌 때마다 낄낄대며 지난날의 어리석음을 확인하곤 한다. 일부러 안경을 쓰고 싫어 하고 교정기를 끼고 싶어 하다니, 이건 정말로 순수해야 가능한 것 아닐까. 때론 그 시절의 순수함이 그립기도 하다.

아내와 나는 가끔 서로의 귀를 파주곤 하는데, 나는 속이 시원할 정도로 귀지가 발굴되는 반면 아내는 귀이개 따위 필요 없는 사람처럼 매번 약간의 가루만 나올 뿐이다. 발굴량의 차원이 달라서 그런지 모르겠지만, 아내는 항상 섭섭함을 느낀다. 뭐랄까. 귀지가 많이 안 나와 좋아하면서도 한 번쯤은 큼지막한 걸 발굴하는 환희를 맛보고 싶어 한다. 세상 쓸모없는 것을 가지고 싶어 하고 부러워하는 것을 보고 있노라니, 필요 여부에 상관없이 가지지 못한 것을 향한 욕망은 아이나 어른이나 똑같은지도 모르겠다.

동그란 안경에서 시작된 이야기가 인간의 이상한 심리까지 도달하고 나니, 동그라미를 찾는 여정이 새삼 방대하게 느껴진다.

달걀노른자 I

사소하지만 사람들이 민감하게 구는 것들이 몇 있는데 그중에서도 완숙이냐, 반숙이냐 '달걀의 익힘'에 관한 것이 빠지면 섭섭하다. 달걀프라이를 할 때 노른자를 어느 정도로 구울 것인가, 라면에 달걀을 넣고 그대로 둘 것인가 휘저을 것인가, 달걀을 삶을 때 노른자가 완전히 익을 정도로 푹 삶을 것인가…. 어쩌면 아무것도 아닐 수도 있는 (반대일 수도 있고) 문제이지만, 누군가와 함께 이것들을 만들어 먹어야 하는 상황에서는 대부분 상대방에게 노른자 취향을 물어본다.

이때 "아무렇게나"라고 이야기하는 사람이 있는데, 이런 대답은 상당히 곤란하다. 자신의 업무를 나한테 떠넘기는 느낌이 들기도 하고, 완숙을 가져다주면 '아 사실 반숙을 더 좋아하는데 완숙도 상관없어'라고 마음속으로 생각하는 듯한 표정을 자주 봐왔기 때문이다.

고백하자면, 내가 한때 그런 사람이었다. 나는 반숙도 좋아하고 완숙도 좋아하는 사람이었다. 그래서 누군가가 "달걀프라이를 어떻게 해줄까"라고 물으면 "아무렇게나"라고 대답해놓고선 청개구리같이 완숙을 주면 반숙의 노른자에 밥을 쓱쓱 비벼 먹고 싶고, 반숙을 주면 노릇하게 잘 익은 프라이를 한입 가득 흰쌀밥과 함께 우적우적 먹고 싶어졌다. 라면에 넣은 달걀도 마찬가지. 이렇게 갈팡질팡하는 내 모습이 싫어져서 취향을 하나로 정해 밀고 나갔고, 그것이 지금까지 이어지고 있다. 확고한 취향이 없었는데 스스로 만들어버린 셈이다.

내가 정말 좋아하는 것인 마냥 한 가지만 계속해서 먹다보니 그것이 확실한 내 취향이라고 몸에 새겨졌다. 아내도 늘 아무 말 없이 내 프라이는 완숙으로 해준다. 지금의 나는 일단은 완숙을 좋아하는 사람인데, 혹여나 그날따라 반숙이 더 먹고 싶은 상태였다면 아마도 내

노른자 취향은 반숙이 되었을 것이다.

편의에 의해 만들어버린 취향이어서 언제든지 변할
수 있다. 지금 이 글을 계기로 '이참에 취향 한번 바꿔
봐?' 하고선 당장 내일부터 반숙을 먹기 시작하면 나는
반숙을 좋아하는 사람으로 변하겠지. 나는 '완숙이냐,
반숙이냐'보다 그냥 달걀프라이를 좋아한다고 하는 게
더 정확할지도. 그러니까 애초에 아무거나 먹어도 상관
없는 사람인데 왜 굳이 그런 걸 정해서 이러쿵저러쿵하
는지, 그냥 맛있게 먹으면 되는데 말이다. 확실히 나에게
노른자 취향은 아무것도 아닌 일이 틀림없다.

그러고보니 반숙을 안 먹은 지 정말 오래되었다.

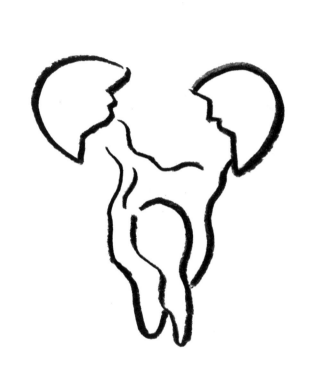

달걀노른자 II

〈달걀노른자 I〉에서 이 이야기를 하겠노라 며칠 전부터 생각했었는데, 한창 글을 쓰다보니 엉뚱한 방향으로 흘러가고 말았다. 차곡차곡 글을 쓰기 시작한 지 얼마 되지 않아 일어난 일인지, 글을 쓰다보면 종종 생기는 흔한 일인지 모르겠지만 앞으로도 꾸준하게 벌어질 상황 같긴 하다.

무슨 이야기를 하려고 했냐면, 바로 '달걀 깨는 방법'에 관해서다. 대부분이 달걀프라이를 할 때 프라이팬이나 싱크대의 모서리 부분에 달걀을 톡톡 친 후 양 끝을 잡고 반으로 쪼갠다. 나 역시 이 방법을 주로 사용한다. 달걀을 칠 때 너무 세게 쳐도, 너무 살살 쳐도 안 된다. 달걀을 반으로 쪼개는 순간 역시 마찬가지. 적당한 높이와 힘이 필요하다. 얼마나 힘을 주느냐에 따라 달걀 껍데기의 파편이 따라 떨어질 수도 있고, 노른자가 터져서 흘러내리기도 한다. 노른자가 동그랗고 탱글탱글하게 살아 있는 편이 더 예쁘기도 하고 먹을 때도 촉촉한 노른자를 먹을 수 있어서 좋다.

하여튼 달걀을 톡톡 내지는 툭 치는 이 행위가 중요하다는 건데, 솔직히 나 같은 경우는 이러든 저러든 상관이 없다. 이유인즉 달걀프라이는 주로 완숙을 해 먹는 편이고 더군다나 노른자를 완전히 터트려서 익히는 걸 좋아하기 때문에 달걀을 깰 때 노른자가 어찌 되든 결과는 똑같다. 그런데도 기름이 둘린 프라이팬에 달걀을 깨트릴 때면 동그랗고 탱글탱글한 노른자가 잘 보존된 채 나오길 바란다. 결국에는 터트릴 거면서 말이다.

아내에게 이 이야기를 해줬더니 자신도 비슷한 것이 있다고 했다. 손님상을 차리는 게 아니라면 비빔밥을 집에서 만들어 먹을 때는 냉장고에 있는 거 대충 넣고 고추장에 쓱쓱 비벼 먹는 게 보통이다. 그런데 아내는 금세 섞여버릴 재료들이지만 비비기 직전 비빔밥의 미모를 위해서 각각의 재료를 위한 구획을 나누고 가지런히 정렬한단다.

그러고보니 나의 노른자도, 아내의 비빔밥도 모두 자신만의 기준에 의한, 기준에 부합하기 위한 것이다. 거창한 의미가 있거나 누군가를 위해서가 아니라 단순히 그 순간의 미모를 보기 위한 일상의 소소한 기쁨인가보다. 이겨내기 힘든 여러 감정 중에 '귀찮음'은 제법 상위권에 놓여 있다고 생각하는데, 그 강력한 것을 억누르면서까지 순간의 미모를 위해 애쓰다니. 역시 미모는 중요한 것이었다.

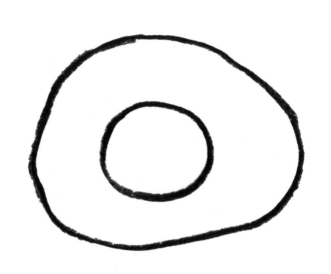

아이셔

아내와 함께 간식거리를 사러 편의점에 갔다. 얄궂은 간식(왠지 모르게 불량스러운 맛이 나는 사탕이나 젤리류)이 먹고 싶어서 뭐가 있나 살펴보는데, '아이셔'가 눈에 들어왔다. '아이셔'라는 글자를 읽는 순간 입안에 침이 흥건하게 고였다. 먹지도 않았는데 신맛의 전율이 온몸을 휘감는 기분이다. 자칫하면 침이 넘쳐 입꼬리를 타고 흘러내릴 것만 같다.

신맛이나 상큼한 것들을 떠올리면 금세 침이 흥건해지는데 애초에 아이셔를 한 번도 먹어보지 않았더라면 과연 이런 현상이 일어났을까. 이미 아이셔를 경험해봤기 때문에 증명해볼 길이 없다. 한 번도 먹어보지 않았더라도 강렬한 포스를 풍기는 그래픽이 떡하니 포장지에 자리 잡고 있어서 확실히 무슨 일이 일어날 법한 느낌이 들긴 하다.

포장지를 쓱 훑어보니 정확한 의도는 모르겠으나 한쪽 모퉁이에 'sour powder'라고 친절하게 영어도 적혀 있다. 한글을 잘 모르는 외국인 친구에게 침이 고이나 안 고이나 시험해보고 싶었는데 어렵게 되어버렸다(외국인 친구도 없는 주제에…). 반대편 모퉁이에는 '복불복, 아주 신 슈퍼 레몬 맛도 숨어 있어요!'라는 경고성 문구가 적혀 있다. 과자 포장지를 보고 겁을 먹긴 처음이다. 복불복이라니… 절대로 그럴 리 없다는 걸 알고 있지만 연상 작용 때문에 까나리액젓이 들어 있을 것만 같다. 괜찮으려나 몰라.

하여튼 고인 침을 주체하지 못하고 오랜만에 아이셔를 샀다. 어렸을 때 먹었던 기억에는 사탕이었는데, 신제품인지 모르겠으나 이 아이셔는 껌이었다. 얼른 아내와 함께 하나씩 먹었는데, 아무래도 복불복에 당첨된 것 같다. 신맛이 아니다. 아프다. 아픈 맛이다. '이런 걸 왜 내 돈 주고 맛봐야 하나'부터 시작해서 겨우 1분도 채 안 되는 시간 동안 온갖 상스러운 언어들이 줄줄 나올 것만 같은 그런 고통이다. 후회했다. 다시는 안 먹겠다는 생각을 1분 동안 수없이 했지만, 신맛의 고통이 사라지고 나니 그 마음도 함께 사라졌다. 또 생각난다.

지금 노트북 옆에 아이셔를 놓고 글을 쓰고 있는데 침이 너무 고여서 결국 또 하나 먹었다. 다행히 복불복에는 걸리지 않았다. 이거 다 먹고 나면 한동안 안 먹겠지만, 편의점에서 동그란 아이셔를 보면 또 침이 흥건하게 고이겠지. 그러면 또 살 것 같다. 당분간 편의점에 가서 얄궂은 간식 코너는 보지 말아야겠다.

좋아하는 동그라미들

(1) 망원경

캠핑을 좋아한다. 파릇파릇한 나무와 풀이 무성한 캠핑장에서 휴식을 취하고 있노라면 그 순간만큼은 세상 근심을 모두 잊게 된다. 요즘은 바빠서 뜸해졌지만 한때 매주 바리바리 장비를 챙겨 떠나곤 했었다. 녹음이 가득한 산등성이를 조금 더 가깝게 볼 수 있는 망원경을 사겠노라 결심한 게 벌써 몇 년 전인데, 나(쇼핑요정)답지 않게 계속해서 미루고 미뤄 여태껏 위시리스트에 동그란 망원경이 들어 있다. 아직 내 손에 쥐어지지 않아서 그런지 망원경에 대한 로망은 여전히 현재진행형이다. 언제까지 이 상태를 유지할지 모르겠지만 아직은 좋아하는 동그라미 0순위 되시겠다.

(2) LP판(레코드판)

　　CD가 대중화되기 전에는 카세트테이프와 LP판으로 된 음반이 대부분이었다. 초등학생 시절, 가난했던 우리 집에는 '전축'이라 불리던 LP 플레이어가 없었어서 크고 동그란 LP판은 부의 상징처럼 보였다. 음악에 그다지 관심이 없었기 때문에 LP판에 대한 환상이나 로망 같은 것은 없었지만, 그저 괜스레 가지고 싶었다. 몇 년 전 전축을 구매하고 LP판도 꽤 샀다. 겨우 LP판 몇 장 샀을 뿐인데 조금은 부유해진 기분이다.

⑶ 모자

    나는 모자가 제법 잘 어울리는 얼굴을 가지고 있다(머쓱). 이런 얼굴이라서 모자를 좋아하는 것도 있지만 그보다 세수하지 않은 추레한 몰골도 모자 하나만 쓰면 비교적 깔끔해 보이니 더 즐겨 찾게 된다. 그 때문에 부랴부랴 나갈 때나 세상만사 모든 게 귀찮은 지경에 이르렀을 때, 모자만 대충 눌러쓰고 외출을 감행한 적이 많다. '에잇! 나중에 씻지 뭐!' 하며 늘 세수를 미뤄버린다. 세수를 잘 안 하게 되는 장점인지 단점인지 모를 특이점이 있긴 하지만, 뭐 어쨌든 모자가 주는 마법이 지속하는 한 세수를 미루는 날은 간혹 생길 것 같다.

⑷ 자동차 키

왜 그런지 모르겠지만 자동차 키는 죄다 네모 아니면 터프한 느낌의 N각형 모양이 대부분이다. 그게 너무 싫었는데 다행스럽게도 내 자동차 키는 동그랗다. 그래서 지금의 자동차를 구매한 것은 아니지만 가만히 살펴보니 외관이든 내관이든 동그란 요소가 참 많다. 어쩌면 이것은 운명일지도. 여담인데, 자동차 키가 동그랗다는 이유 하나만으로 고가의 자동차를 구매하는 사람이 있을까. 뭐 세상에는 워낙 다양한 사람들이 존재하니 어쩌면 있을지도 모르겠다. 혹 그런 사람이 있다면 엄지를 치켜세워주고 싶다.

⑸ 학원전

부산 집 근처에는 꽤 유명한 '옵스'라는 베이커리가 있다. 거기에서 판매하는 빵 중에 '학원전'이라는 카스텔라가 있는데 그 맛은 마치 어렸을 적 어머니가 만들어주신 것과 흡사하다. 어머니의 카스텔라와도 같은 동그란 학원전이 너무 좋다. 한 개에 1,500원인데 100개를 주문하면 1,000원으로 할인해주는 행사를 얼마 전부터 하기 시작했다. "그냥 100개를 사버릴까?" 하고 아내에게 물었더니, 대답 대신 의미를 파악하기 힘든 너털웃음만 돌아왔다.

(6) 유리컵

깨끗하고 투명한 유리컵을 너무 좋아한 나머지 우리 집에는 부엌이며 수납장이며 온통 유리컵으로 가득하다. 그것도 모자라 몇 년 전부터 유리컵에 아내가 그린 그림을 새겨 팔기 시작했다. 이제는 부엌과 수납장도 모자라 서재까지 유리컵으로 가득하다. 여기서 그치지 않고 바로 얼마 전 몇백 개가 넘는 신상 유리컵을 또 만들었다. 이대로 가다가는 온 집 안이 유리컵으로 점령될 기세다. 그래도 유리컵이 좋다.

(7) 줄자

요즘 판매되는 줄자는 마치 UFO가 연상되는 우리나라의 전기밥솥처럼 무척 '미래스럽다'. 그에 대한 반발심 때문에 미래스럽지 않은 단아한 줄자를 수집하겠노라 다짐했고 일본을 여행하던 중 상당히 깨끗하고 단아한 줄자를 우연히 발견했다. 그때부터 줄자가 좋아지기 시작했고 덧붙여 수집 품목이 또 하나 늘어나게 되었다.

어제의 동그라미들

손목시계

초등학교 2학년 때 감기 때문에 결석을 한 적이 있었는데, 유년 시절의 다른 기억들은 대부분 희미해졌지만 유독 그날의 기억은 선명하고 아련하게 남아 있다. 그날의 추억은 시간이 흘러도 변함없지만, 내 삶이 더해질수록 그날의 의미는 깊어지고 있다.

우리 아버지는 상당히 엄한 분이셨다. 이제 겨우 아홉 살밖에 되지 않은 소년이 감당하기엔 벅찬 엄격함이랄까. 감기 따위로 결석을 허용할 분이 아니셨고, 어린 나는 그걸 너무도 잘 알고 있었다. 으슬으슬한 감기 기운을 못 이기는 척 울음을 터뜨리거나 어리광을 부리며 학교에 가기 싫다고 칭얼거리고 싶었지만, 아버지의 불호령이 무서워 차마 그러지 못했다. 연약하게 보이려고 아주 살짝 휘청대거나 서글픈 표정을 잔뜩 지으며 어필하는 방법도 있었지만, 소용없다는 것을 본능적으로 알고 있었다.

그날도 빠르게 포기하고 가방을 메고 집을 나섰다. 그런데 아버지가 학교까지 바래다주겠다며 내 손을 꼭 잡으시는 것 아니겠는가. 초등학교 입학식 때도 데려다주지 않으셨던 아버지였기에 나로서는 상당히 이례적이고 놀라운 일이었다. 그때의 감정을 나는 뚜렷이 기억하고 있다. 아버지의 손을 꼭 잡은 등굣길은 머리를 긁적거리게 만드는 어색함이 있긴 했지만 황홀한 기분이 들 정도로 좋았다.

걸어서 15분 정도 거리에 학교가 있었는데, 골목길에서 대로변으로 나와 지하 차도를 건너면 재래시장 입구가 나왔다. 시장을 가로지르면 끝부분에 사거리가 나오는데 거기서 왼쪽으로 쭉 올라가면 곧바로 학교가 보였다. 시장 입구 쪽에 '금성사(정확한 이름은 생각나지만 않지만 대략 이런 느낌이었다)'라는 시계방이 하나 있었는데, 등

하굣길마다 꼭 한 번씩 쇼윈도에 진열된 시계를 구경하다 갔다.

중후하게 빛나는 금색 시계, 세련되고 스포티한 메탈밴드나 가죽 밴드로 된 어른들의 시계가 대부분이었지만, 내 관심사는 그 속에 당당하게 자리한 싸구려 전자시계였다. 하얀 바탕에 아톰이 그려진 민트색 베젤과 고무 밴드로 된 그 전자시계에 단 하루도 거르지 않고 매일매일 눈도장을 찍을 만큼 갖고 싶었다. 그토록 원했던 물건이었지만, 얼마인지도 모르고 돈이 없으니 값을 물어볼 수도 없었던 그저 막연한 것이었다.

그날을 잊지 못하는 것은 평소 무섭기만 했던 아버지가 아픈 나의 손을 붙잡고 학교로 가지 않고, 놀랍게도 시계방에 들러 매일 지켜보던 그 아톰 시계를 사주셨기 때문이다. 단순히 물건을 사주신 것을 넘어서 예고도 없이 찾아왔던 그런 기쁨은 무서운 아버지를 둔 나로서는 감히 상상도 할 수 없는 일이었다. 시곗값은 2,000원이었고 그때 당시의 하루 용돈이 50원 정도였으니까 그 시계를 사려면 무려 40일이나 돈을 모아야 했다. 그런 것을 영락없이 학교로 끌려가는 줄만 알았던, 몹시도 아팠던 날에 떡하니 사주시다니 아버지는 아마도 '츤데레'였나보다. 나는 그날 학교에 가지 않았다. 시계를 사고 아버지와 함께 집으로 곧장 돌아왔다.

그로부터 4년 하고 몇 개월이 더 흐른 뒤 초등학교를 졸업했다. 중학교에 진학하기 전 서울에 계신 친척 집으로 3박 4일 가족 여행을 떠났었다. 추억을 쌓으러 떠난 가족 여행 중에 소위 말해 허약 체질이었던 나는 심한 물갈이를 했었다. 도통 먹질 못 하고 설사만 했었다. 모두가 맛있는 음식을 먹고 즐거워하는 와중에 나 혼자 비실대는 꼴이 안쓰러웠는지 여행 마지막 날 아버지는 백화점에서 당시 학생들의 로망이었던 '돌핀 시계'를 사주셨다. 그때의 물갈이와 돌핀 시계는 아톰 시계와 마찬가지로 잊지 못할 추억이다.

한참 뒤에야 어머니를 통해 알게 된 사실인데, 시계방 사장님과 아버지는 친분이 있는 사이였다고 한다. 사장님께서 내가 매일매일 시계를 보고 가는 것을 아버지께 말씀드렸던 모양이다. 분명 아버지는 나에게 시계를 사 줄 나름의 타이밍을 생각하고 계셨던 것 같다.

아버지는 어째서 내가 심하게 아플 때마다 시계를 사 주셨을까. 세월이 많이 지난 지금도 감기로 고생할 때면 아버지가 불쑥 찾아와 동그란 손목시계를 사주실 것만 같다.

선풍기

'선풍기를 틀고 자면 죽는다'는 말을 부모님, 누나, 선생님들에게 숱하게 듣고 자랐다. 그것도 모자라 거의 해마다 '선풍기 틀고 자다가 사람이 죽었다'는 사고 소식이 〈9시 뉴스〉에 나왔었다. 세뇌를 당했다고 생각한다. 어떤 이유로 죽는지는 알려주지 않고, 선풍기를 틀고 자려면 반드시 창문을 열어둬야 한다는 말이 전부였다.

그 말이 어린 나에게 너무 강하게 각인되어서 한동안 여름만 되면 가족의 생명을 지키기 위해 밤잠을 설치곤 했다. 이런 나의 고군분투를 아는지 모르는지 가족들은 매번 선풍기를 틀고 잠을 잤었다. 아니! 선풍기를 틀고 자면 죽는다고 말했던 사람들이 어쩜 저리도 태연하게 선풍기를 틀고 잔다는 말인가. 도통 이해가 가질 않았지만, 일단 가족을 지켜야 한다는 생각에 잠결에 일어나 (들었던 대로) 창문을 열거나 (타이머가 다 되기 전에 먼저 죽어버리면 곤란하니까) 선풍기 타이머의 시간을 단축해놓고 다시 잠을 청하기 일쑤였다. 그땐 아무런 의심도 없었는데, 돌이켜보면 나만 빼고 '선풍기 틀고 자면 죽는다'를 대수롭지 않게 생각한 것 같다.

한참이 흐른 뒤 '선풍기 틀고 자면 죽는다'는 우리나라에만 있는 미신 같은 거라는 이야기를 들었다. "그럼 그렇지"라고 말하긴 했지만 사실 속으로는 '아닌데~ 죽는데~ 이상하다~ 죽을 텐데~'를 반복했었다.

진즉에 의심을 해봤어야 했다.

밥그릇

온 가족이 한자리에 모여 식사를 하는 풍경은 어느덧 아주 옛날의 풍습처럼 나의 일이 아닌 게 되었다. 예전에는 이만큼 서러운 일도 없을 거라고 생각했던 '혼밥'이 이제 당연하고 아무렇지도 않은 시대가 되었고, 우리는 그런 지금을 살아가고 있다. 나는 어렸을 때부터 이런 시대가 오기를 간절히 바랐다. 적어도 '식사 예절' 분야에서만큼은 따라올 자가 없는 아버지의 전방위적 예의범절에 대한 교육, 일명 '잔소리'가 온 가족이 모인 식사 자리에서 반짝반짝 빛이 났기 때문이다.

쩝쩝거리지 마라, 고개 들고 먹어라, 반찬 뒤적거리지 마라, 밥풀 남기지 마라, 반찬 털지 마라, 밥그릇 들고 먹지 마라, 꼭꼭 씹어라 등등 그 종류와 레퍼토리는 나열

하기도 힘들 만큼 다양하고 참신했다. 아버지가 무서웠
던 것도 한몫했지만, 지금과는 달리 잔소리에 무던했던
터라 나름 견딜 만했다. 딱히 아버지의 잔소리가 틀렸다
는 생각도 들지 않았다. 단 한 가지를 제외하고 말이다.

'밥그릇 들고 먹지 마라.' 고작 이것 때문에 어린 시절
의 나는 혼밥이 간절했었다. 다른 잔소리에는 대꾸 없이
빠르게 움직였는데 유독, 아니 지독하게도 밥그릇을 들
고 먹는 것에 고집을 부렸다. 지금 생각해도 그때의 내
가 왜 그랬는지 잘 모르겠다. 순종적인 편이기도 했고,
나 때문에 다른 가족들이 불편해지는 것도 싫어서 웬만
하면 아버지의 말을 들었는데 밥그릇을 들고 먹는 것만
큼은 이상하리만치 완강했다. 못지않게 끈질기신 아버
지도 내 밥그릇을 내려놓기 위해 다양한 방법을 계속해
서 시도하셨다.

아버지와의 기묘한 밀고 당기기가 계속되던 시절, 어
린이들 사이에서 10원짜리 쌍욕보다 임팩트 강한 비속
어가 있었는데 바로 '빨갱이'와 '쪽발이'였다. 학교에서도

TV에서도 이 두 가지를 인류 최고의 악당을 일컫는 말처럼 가르쳤는데, 정의감에 불타는 어린이들에게 이 말들은 그 어느 욕보다 심하게 다가왔다. 아버지께서 그걸 아셨는지 모르겠지만, 내가 밥그릇을 들고 먹을 때마다 "쪽발이 새끼들이나 밥그릇 들고 먹지! 네가 쪽발이냐!" 라 하셨고, 그제야 나는 눈물을 글썽거리며 밥그릇을 내려놓았다.

지금 생각해보니 아버지도 참 답답하셨을 것 같다. 타이르기도 해보고 화를 내봐도 좀처럼 말을 듣질 않았으니 말이다. 내가 이토록 밥그릇을 들고 먹었던 정확한 이유를 나조차도 모르겠지만 지금의 나 자신에 빗대어보면, 편식이 심해 밥 먹는 게 고역스러웠던 어린이의 몸부림이 아니었을까 싶다.

하여튼 이런 이유로 우리 가족의 식탁에는 늘 묘한 긴장감이 흘렀고, 그 긴장감이 싫은 나는 혼밥의 시대가 오기를 간절히 바랐다. 이런 간절한 바람 때문이었는지 고등학교 졸업과 동시에 집에서 독립했고 그토록 원했던 '밥그릇 들고 먹기'를 원 없이 할 수 있었다. 혼자서 밥을 먹을 때면 한 손에는 젓가락을 들고, 다른 한 손으로는 밥그릇과 국그릇을 번갈아 들었다 놓았다 하며 동그란 그릇에 코를 처박고 게걸스럽게 먹었다. 고삐 풀린 망아지처럼 한껏 요란하게 식사를 했었다. 이런 식사를 십수 년 동안 하다보니 어느새 몸에 새겨져 습관과 버릇이 되어버렸다.

이런 내 모습을 지켜본 아내는 밥그릇을 들고 먹는 모습이 너무 잘 어울려서 몸에 딱 맞는 옷을 입고 있는 것 같다고 했다. 밥 먹을 때 눈치를 보지 않은 시간이 내 인생의 절반만큼 되다보니 문득 그 모습이 궁금해졌고, 마침 아내는 몇 장의 사진을 보여줬다. 그 사진을 보고 있노라니, 어린 시절 아버지가 왜 그토록 밥그릇을 내려놓고 얌전하게 먹길 바라셨는지 알 것만 같다.

참치 캔

어렸을 때 부모님께서는 항상 바쁘셨다. 덕분에 일곱
살 터울의 누나도 덩달아 바빴다. 어쩌면 부모님보다 누
나가 더 바빴을지도 모르겠다. 학교 가랴, 식구들 밥 챙
기랴, 동생 도시락 챙기랴, 공부하랴, 취직 준비하랴 얼
마나 힘들었을까. 겨우 고등학생밖에 되지 않았지만 많
은 일을 맡았다. 초등학생이었던 나도 방과 후에는 잔심
부름이 잔뜩 기다리고 있었다. 우리 가족은 저마다의 역
할이 있었고, 아이고 어른이고 할 것 없이 항상 바빴다.
당시로서는 그 분주함이 너무 당연했기 때문에 불평이
나 불만 같은 것은 전혀 없었다. 1년에 딱 두 번을 제외
하고는.

그 두 번은 야외 활동을 하기 더없이 좋은 계절, 봄과

가을이면 어김없이 찾아오는 '소풍날'이다. 지금의 초등학생들은 어떨지 모르겠지만, 그 시절의 봄 소풍, 가을 소풍은 아이들의 밤잠을 설치게 하는 주범이었다. 나 역시 초등학교 저학년 때까지는 소풍이 그저 좋았다. 하지만 고학년이 될수록 소풍은 어느샌가 마냥 즐기기엔 우울한 구석이 있는 것으로 전락하고 말았다.

초등학생 때 나는 편식이 무척 심해서 못 먹는 게 많았다. 그 시절의 어린이라면 사족을 못 쓰는 돈가스, 비엔나소시지도 잘 먹지 못했다. 친구들은 나의 편식 취향을 알고 나면 도통 이해할 수 없다는 표정을 짓곤 했다. 그나마 유일하게 좋아했던 것이 참치 캔, '동원 참치'였다. 어머니는 소풍 때마다 흰쌀밥과 참치 캔 하나를 도시락 가방에 넣어주셨다. 3학년 때까지만 해도 아무렇지 않았다. 괜찮았다. 모두가 바쁜데 어쩌겠는가. "김밥을 준비할 시간이 없어. 착한 아들이 이해해줘"라며 미안해하는 어머니에게 차마 생떼를 부릴 수 없었다. '평소에 먹기 힘든 맛있는 참치와 함께 밥을 먹을 수 있는 게 어디야'라고 만족하려 했지만, 학년이 올라갈수록 내 감정은 마음먹은 것과는 달리 점점 변해갔다.

어느 순간부터 내 도시락 속에는 김밥이 없다는 사실이 소외감으로 다가왔다. 친구들과 함께 바위에 걸터앉아 도시락 뚜껑을 여는 그 순간이 정말 괴로웠다. 뚜껑을 열면 지겹도록 봐왔던 별 감흥 없는 새하얀 쌀밥과 참치 캔 하나가 성의 없이 들어 있었다. 겉은 참기름을 발라 윤기가 흐르고 안에는 다채로운 색깔의 속 재료로 가득 찬 친구들의 김밥과 비교되어 무척이나 서러웠다. 김밥이 아닌 것도 서러운데 친구들이 왜 너는 김밥이 아니냐고 꼬치꼬치 묻는 것도 너무 얄미웠다. 모두가 김밥인데 나만 김밥이 아닌 것이 당시로선 너무나도 부끄러웠다.

참치와 흰쌀밥이 싫었던 것도 아니었는데 단지 친구들과 다르다는 그 이유만으로 부끄러워했었다. 지금 생각해보면 남들과 같냐, 다르냐가 중요한 것이 아니라 내가 참치를 좋아하냐, 그렇지 않냐가 훨씬 중요한 문제인데 말이다. 지금도 주변을 둘러보면 자신이 좋아하는 것보다는 유행이나 전반적인 분위기에 자연스럽게 편승하려는 사람들이 생각보다 많다. 특히 우리나라 사람들은 이런 경향이 더 심한 것 같다. 교육이든 패션이든 음식이든 취미든 상관없이 말이다.

'인싸'가 '아싸'보다 좋은 것처럼 보이고 각종 미디어에서 쉴 틈 없이 '인싸'를 외쳐댄다. 체감상 '인싸'가 안 되면 사회의 낙오자가 될 것 같은 분위기다. '인싸'가 나와 맞고 내 취향이면 '인싸' 하면 되는 것이고, '아싸'가 맞으면 '아싸' 하면 되는데 말이다.

육개장 사발면

　동그랗고 얄팍한 스티로폼 용기, 기름에 튀긴 얇은 면, 플라스틱 장난감처럼 생긴 하얀 바탕에 분홍빛의 회오리 무늬가 인상적인 건더기, 노란 해면 스펀지가 연상되는 건더기, 곱고 새빨간 가루. 뜨거운 물을 붓고 나면 삽시간에 퍼지는 그 특유의 냄새. 아! 상상만 해도 벌써 입에 침이 가득 고인다. 대한민국 사람이라면 누구나 한 번쯤은 먹어봤을 그것. 바로 '육개장 사발면'이다.

　어렸을 적 이 컵라면이 너무나도 먹고 싶었지만 이런 내 마음을 알아주지 못했던 부모님은 좀처럼 컵라면을 사주지 않으셨다. 딱히 반찬 투정이 심한 타입의 어린이는 아니었지만, 육개장 사발면 앞에서는 어쩔 수 없이 투정을 부렸던 기억이 난다. 뭐 아무런 효과도 효력도 없이 허공에 흩어져버릴 소음에 불과했지만, 당시의 나로서는 그럴 수밖에 없었다. 그럴만도 한 게 식탐이 없던 아이가 먹고 싶은 게 생겼으니 내 입장에서는 컵라면이 제법 간절했으리라.

동네 친구 중에 권 혁이라는 아이가 있었다. 4~5학년 때쯤 같은 반이 되어 가끔 함께 등교하곤 했다. 같이 등교하기로 약속한 날이면 너 나 할 것 없이 집을 먼저 나선 사람이 서로의 집에 가서 기다렸었다. 어쩌다 내가 혁이 집으로 가는 날이면, 튀긴 면발이 뜨거운 물에서 노곤하게 풀어지면서 풍기는 구수한 컵라면 냄새가 어김없이 나를 맞이했다. "한 젓가락만, 국물 한 모금만!"이라고 말하고 싶은 마음은 맹렬했지만 소심했던 나는 동공이 풀린 채 혁이 입속으로 들어가는 면발을 그저 바라볼 수밖에 없었다.

컵라면의 향기로운 냄새를 맡는 것만으로 만족해야 했던 날들이 많아질수록 우리 집의 아침 상차림에 대한 불만이 커졌고, 혁이를 향한 부러움이 증폭되어갔다. 하

지만 나는 소심한 어린이였던지라 거나하게 생떼를 부리
거나 단식 투쟁을 감행하며 컵라면을 요구하는 그런 귀
여운 반항 따위는 하지 않았다. 다만, 가슴 깊은 곳에 컵
라면을 향한 갈증이 차곡차곡 쌓였을 뿐이다.

그렇게 쌓였던 갈증은 스무 살이 되고서 자취를 시작
했던 그날 폭발하고야 말았다. 그건 마치 90년대 후반에
유행하던 할리우드 액션 블록버스터 영화의 한 장면과
도 같았다. '가공할 위력을 자랑하는' 폭탄이 터지면서
시뻘겋다 못해 새까만 불기둥이 화면을 가득 메우는 그
런 장면. 컵라면을 향한 응축된 욕망은 그 무시무시한
폭탄처럼 터져버렸다. 그 폭발과 함께 얼마나 많은 컵라
면을 먹었는지 모르겠다.

30대 중반을 넘어 아내를 만나기 전, 세 끼를 인스턴
트로 연명하며 살던 어느 날. 오랜만에 컵라면에 뜨거운
물을 붓고 있는데, 문득 어린 시절 컵라면을 그토록 사
주지 않으셨던 어머니의 모습과 매일 아침 컵라면을 먹
는 혁이를 부러워했던 철없는 내 모습이 떠올랐다. 이른

아침부터 늦은 밤까지 일하시면서도 밥상에 그 흔한 인스턴트를 거의 내놓지 않으셨다는 사실에 코끝이 찡해졌다. 컵라면이라는 아주 간편한 것이 존재하는데도, 밤낮없이 힘들게 일해 무척이나 고단한 와중에 당신 손으로 매번 직접 상을 차려주셨다니. 내가 만약 어머니였다면 그 비슷한 흉내도 내지 못했을 것이다. 감히 엄두도 나지 않는다. 지금의 내 모습만 보더라도 일을 하며 밥을 만들어 먹는 것은 고사하고 차려 먹는 것도 힘들어서 배달 음식을 시켜 먹는 게 최선이니 말이다.

어머니의 수고를 단 한 번도 알려고 하지 않았을뿐더러, 그것을 '사랑'이라고 생각하지 못했다. 어머니는 매일 오롯하게 사랑을 주셨는데, 내가 받지 못했다. 소풍 가던 날, 바쁘다며 김밥을 싸주지 않았던 어머니의 모습만 기억하는 나는 참 이기적인 아들이다. 그 시절의 어머니만큼 자라서야 겨우 컵라면을 먹지 못하게 했던 그 마음에 감사함을 느낀다. 염치없지만 지금이라도 깨달아서 다행이라고 합리화를 해본다.

더 늦기 전에 어머니에게 여쭤보고, 말해야겠다. 그때 어떤 마음이었냐고. 그리고 감사했다고.

피자

추석이 되면 항상 큰이모 댁에 온 가족이 함께 모였었다. 우리 가족은 친가, 외가 모두 차례를 지내지 않아 명절 음식이 상당히 간소한 편이었다. 송편, 튀김, 과일에 메인 음식으로는 항상 만둣국을 먹었는데 중학교 2학년 때였나, 뜬금없이 상에 '피자'가 떡하니 올라왔다. 오븐에서 갓 나온 피자의 모습이 아니라 만든 지 꽤 된 것 같은 비주얼이었고 그게 피자에 대한 나의 첫인상이었다. 굉장히 생소했다. 낯선 피자 앞에서 쭈뼛거리던 나에게 사촌 동생은 '서양식 빈대떡'이라며 맛있으니까 얼른 먹어보라고 피자를 우적우적 씹으며 말했다. 편식이 심했던 나로서는 새로운 음식에 도전할 때마다 결의가 필요했는데, 피자를 처음 대면한 그때도 마찬가지였다.

'그래! 악당을 물리치던 정의의 사도 닌자 거북이들이 즐겨 먹던 건데 분명 괜찮을 거야. 피자는 우리 편일 거야라고 속으로 되뇌며 용기 내어 한 입 먹었는데, 세상에 너무 맛이 없었다. 모양만큼이나 생소한 맛이었다. 거기다 차갑게 굳어버린 걸 먹었으니 어쩌면 맛이 없었던 게 당연했을지도 모른다. (아닌데, 분명 사촌 동생은 내가 안 먹는 걸 기뻐하며 맛있게 먹었는데.) 하여튼 피자는 그 뒤로 내가 먹어서는 안 될, 먹지 못하는 음식 리스트에 올랐고 고등학교에 진학하고 나서도 한참을 먹지 않았었다.

내가 중고등학생이던 시절, 회사원이었던 누나는 가끔 피자헛의 치즈크러스트 피자를 사주곤 했다. 당시로선 고급 음식에 속하던 피자였지만 그게 다 무슨 소용이랴. 치즈를 금으로 만들었다 한들 무엇하랴. 제 입에 맞지 않으면 속절없다. 믿을 수 없겠지만, 그 시절 쉽게 먹을 수 없었던 피자헛은 내게 철저히 외면당했다. 눈길 한번 주지 않았다. 차라리 어머니가 끓여주신 김칫국을 한 사발 들이키는 쪽을 택할 만큼 피자는 나에게 늘 김칫국보다 못한 존재였다. (왜 그랬을까. 젠장.)

식성은 조금씩 변한다고 누군가 이야기했던가. "피자를 못 먹는다니 말이 되는 소리야? 과거의 나야. 왜 그 맛있는 걸 먹지 못하고 있는 거니. 제발 먹으렴. 어서 먹으렴. 나중에는 먹고 싶어도 먹지 못한다"라고 과거의 나에게 달려가 따끔하게 충고하고 싶다. 먹는 걸 좋아하는 요즘의 나는 많이 먹지 않았던 그때의 시간이 너무 아까워 죽을 지경이다. 요즘보다 기초대사량이 엄청나게 높았을 그 시절에 단 한 조각이라도 더 먹어뒀으면 얼마나 좋았을까. 그때라면 피자 몇 조각쯤이야 동네 산책만으로도 그 칼로리를 모조리 다 태워버릴 수 있었을 텐데 말이다. 지금의 나는 피자 한 조각의 칼로리를 태우려면 러닝머신 한 시간을 뛰어야 한다. 이런 생각을 하면 할수록 입이 짧아 많이 먹지 않았던 지난 시간이 너무너무 아깝다. 동그란 피자를 볼 때면 지난날의 어리석은 내가 생각난다.

"어린 시절로 돌아간다면 뭐가 제일 하고 싶어요?"라는 질문을 종종 듣는다. 듣기도 하지만 많이 하기도 한다. 우리는 이미 지나간 과거에 아쉬움이 참 많은가보다.

맞다. 아쉽다. 항상 과거의 내가 아쉽다.

20대 중후반까지만 해도 이 질문에 대한 답은 한결같이 "공부 열심히 해서 좋은 대학 갈 거예요!"였다. 나는 이 질문에 대해서는 30대가 되든 40대가 되든 늘 같은 맥락의 답변이 떠오를 거라고 생각했었다. 그런데 막상 그 나이가 된 요즘은 공부 열심히 해서 뭐 하겠나 싶다. 정말 공부를 열심히 했어도 정작 지금과 크게 다르지 않았을 것 같다. 그러니 어린 시절로 다시 돌아간다면 주입식 교육에 발맞춰 수학 공식 외우고 영어 문법 익힐 시간에 맛있는 피자 한 조각 더 먹으련다. 그 맛을 음미하며 삶을 누리고 싶다. 단 하루라도 좋으니 기초대사량이 높았던 어린 시절로 돌아갈 수 있다면 정말 배가 찢어지도록 먹고 싶다.

어머니의 파전

우리 가족에게 있어 4월은 조금 특별한 달이다. 아버지, 어머니, 매형, 나 이렇게 네 명의 생일이 4월 8일부터 17일까지 몰려 있기 때문이다. 생일마다 일일이 챙기기가 번거로워 언제부턴가 자연스럽게 하루에 몰아서 모두의 생일을 축하하게 되었다. 이 편이 훨씬 합리적이기도 하고, 오랜만에 모두가 한자리에 모이기 위한 좋은 구실도 되어서 우리 가족에게 4월은 또 하나의 명절로 자리 잡았다. 하지만 최근 몇 년간 어머니의 건강이 좋지 않아서 우리의 4월은 다른 때에 비해 차분한 편이었다 (지금은 다시 건강해지셨어요).

며칠 전 누나로부터 카톡이 왔다. '이번 주 일요일 범일동(부모님 댁)에 오후 여섯 시 집합. 케이크 사 오는 거

잊지 않도록.' 어머니에게 친구 같은 딸인 누나는 부모님의 명령을 하달하는 일을 늘 도맡아했다(항상 고맙게 생각하고 있어요). 한두 번도 아니고 언제나 이런 식으로 받는 통보임에도 불구하고 어째서인지 매번 묘한 반발심이 생긴다. 익숙해지고도 남을 만큼 받아왔던 통보인데도 말이다(결국에는 명령을 잘 수행할 거면서). 누나의 카톡을 확인하면 '이번에는 무슨 핑계를 댈까?' 하는 생각부터 든다. 결혼 전의 나는 말도 안 되는 온갖 핑계를 대며 4월의 명절에 불참했었는데, 아마 그때의 습관이 아직 남아 있는 게 아닌가 싶다.

만약 아내가 없었다면 나는 여전히 핑계를 대기 바빴을 것이다. 이런 관점에서만 봐도 결혼은 철부지 아들을 조금이나마 어른스럽게 만들어주는 듯하다. 부모님들도 경험을 통해 이 점을 잘 알고 계셔서 "결혼하면 어른이 된다"고 말씀하시는 것이리라. 철부지 아들인 나는 4월의 명절에 불참하고 싶은 마음이 여전히 남아 있지만, 며느리인 아내의 입장을 생각하여 '오케이'라고 누나의 카톡에 짧게 답했다.

사실 부모님 입장에서는 아내를 만난 이후로 당신들의 호출에 즉각 나타나는 아들이 신기했을 것이다. '아니, 곧 죽어도 안 오던 놈이 결혼하니까 곧잘 오는구먼. 우리가 며느리 복이 있나봐'라고 생각해주시길 바랐다. 그것은 내가 아내와 부모님을 위해 할 수 있는 최소한의 배려였다. 이것만이 부모님께서 아내를 예뻐하시는 이유의 전부는 아닐 테지만, 뭐 그런 마음이었다는 말(자랑)이다. 정말 사소하기 짝이 없는, 어쩌면 남편으로서 아들로서 해야 할 당연한 일이지만, 이렇게 자랑을 하고 칭찬을 받으면 더 잘하지 않을까 싶어 우습지만 내 입으로 떠벌리고 다닌다. 그래야 겨우 정상적인 아들의 범주(교과서적인 효자) 안에 들 수 있을 것 같다.

아무튼, 어느덧 일요일이 되어 아버지, 어머니, 매형, 누나, 조카 1, 조카 2, 나, 아내 이렇게 여덟 명의 가족 모두가 한자리에 모였다. 최근 몇 년간은 어머니의 몸 상태가 썩 좋지 못해 외식으로 대충 때우는 식이었는데, 웬일인지 이번은 외식하는 분위기가 아니었다. 집을 들어서자마자 갖가지의 음식을 준비하고 계시는 어머니의 모습이 보였다. 평소에는 안부 전화도 잘 드리지 않는 주제에 어머니를 보자마자 "그냥 시켜 먹지. 힘들게 뭐 한다고 만들고 있노. 많이도 만들었다. 이걸 어떻게 다 먹노!" 이런다. 괜히 머쓱하고 또 미안한 마음이 들어 어머니 주변을 어슬렁거리면서 시시콜콜한 농담을 던진다. 정말 전형적이다. 이내 어머니는 "뭐한다고 만들기는 너거 줄라고 만들었지. 다 먹을 수 있다. 다 먹고 가라" 하신다.

사실 어머니가 음식을 하시는 모습에 조금 놀랐다. 집으로 오는 길에 아내에게 "오예~ 오늘은 마약 보쌈(배달음식) 먹는다!"라고 말하며 즐거워했기 때문이다. 그럴만도 한 게 최근까지 가족들이 모이면 마약 보쌈으로 식사를 해결했기 때문에 이번에도 역시 그럴 거라 생각했는데 보기 좋게 예상이 빗나갔다. 어머니께는 미안하지만 순간 살짝 아쉬웠다. 아쉬운 마음은 접어두고 '괜찮아. 고기는 다음에 먹으면 되지. 오랜만에 어머니가 음식을 장만하셨는데 아낌없이 잘 먹어야지!'라며 속으로 다짐했다. 바로 그때 '띵~동~' 초인종 소리가 울려 나가보니 정체 모를 남자가 커다란 봉투 두 개를 내밀었다. '오 마이 갓! 마약 보쌈이다! 역시 내 예상은 틀리지 않았어!'

어머니는 우리가 도착하는 시간까지 계산해서 보쌈도 미리 시켜놓으셨던 것이다. 그나저나 보쌈과 막국수, 거기다 어머니가 준비하신 잡채부터 각종 나물 반찬, 찹쌀밥, 미역국, 파전, 꼬막, 케이크까지 먹어야 할 것이 너무 많다. 그러고보면 어머니는 참 모순적이다. 나를 볼 때마다 배가 너무 많이 나왔다고 살 좀 빼라고 하시는데 당신 집에서 음식을 먹을 때면 항상 더 먹으라고 하시는 이유는 도대체 뭘까. 언젠가는 꼭 짚고 넘어가야 할 부분이다.

한 상 가득 차려진 음식을 보면서 아버지를 제외한 가족들은 이구동성으로 외친다. "이걸 어떻게 다 먹어요. 쪼매만 하지. 보쌈도 한 개만 시키면 되겠구마는." "먹으면 되지." "다 못 먹는다. 보쌈은 여서 먹고 잡채나 파전 같은 거는 싸 가께. 케이크도 먹어야 하고 먹을 게 천지 빼까리다." 우적우적 다 먹어 치울 기세로 보쌈과 막국수를 씹으며 절대로 다 먹을 수 없으니 포장해 가겠다고 이야기하는 모습 또한 모순적이다.

우리가 보쌈을 거의 다 먹어갈 때쯤 어머니는 고사리, 콩나물, 시금치, 꼬막 그리고 찹쌀밥을 주섬주섬 상에 올려놓으셨다. "아~ 진짜 배부른데~ 이제 그만 주세요" 라고 손사래 치면서도 우리는 또 주섬주섬 먹기 시작했다. 배불러서 못 먹겠다고 한 주제에 다들 "와 시금치 맛있다. 장모님이 해주시는 음식은 간이 진짜 딱 좋습니다" "꼬막 얼마 만에 먹노. 진짜 오랜만에 먹네" 하면서 맛있게 먹었다.

"이제 진짜 배불러서 못 먹겠다. 이제 그만 먹을란다" 노래를 불렀지만, 어머니는 아무런 대답을 하지 않으셨다. 더는 음식이 나오지 않을 거라 굳게 믿으며 마지막을 향해 달려가고 있었는데, 부엌에서 '치이이~~~ 촤아아아~~~' 기름에 달궈진 프라이팬 위로 파전이 구워지는 소리가 들려왔다. "아~~ 또 뭐어어어언데에에에~ 안 먹는다니까~~!" 어머니는 들끓는 여론에도 아랑곳하지 않고 동그란 파전을 세 장이나 더 구우셨다. 결국 우리는 파전 두 장을 더 먹고 나서야 남은 음식들을 포장할 수 있었다.

어머니가 구워주신 동그란 파전을 보면서 깨달은 게 있다. 어머니는 당신이 차린 음식을 우리가 맛있게 먹어주는 것만큼이나 준비한 재료를 정성스럽게 손질하고 지지고 볶으며 우리에게 당신의 요리 실력을 한껏 뽐내는 것 또한 매우 중요하게 여기신다. 그걸 진즉에 눈치챘어야 했다. 그동안 몸이 좋지 않아서 얼마나 근질근질하셨을까. 무언가를 준비하는 과정 또한 우리가 먼저 알아줬어야 했다.

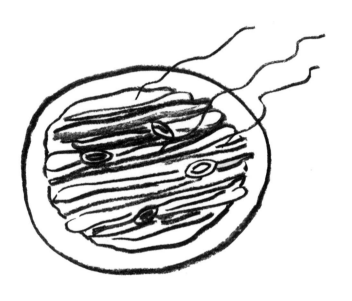

박카스 뚜껑

내가 어렸을 때 우리 부모님은 가내 수공업 형태로 봉제 일을 하셨다. 겨우 다섯 살밖에 되지 않은 어린 나의 시선이었음에도 어머니는 늘 재봉틀 앞에 앉아 계셨고, 아버지 손에는 항상 다리미가 쥐어져 있었다. 우리 가족이 잘살았으면 하는 마음으로 온종일 땀 흘리며 일하시던 모습을 떠올리면 코끝이 찡해진다. 당시의 부모님은 지금의 나보다 어렸을 텐데 그리 생각하니 가슴마저 시리다.

그때의 내가 말썽을 부리지 않고 심부름이라도 곧잘 해서 다행이었구나 싶다. 만약 그때 심부름을 하기 싫다며 생떼를 부린 기억만 남아 있었다면 부모님께 죄송스러워 눈물이 날 것 같다. 딱히 부모님께 잘한 것은 없지만, 고분고분 말이라도 잘 들었다고 생각하니 면죄부라도 받은 기분이다. (이 와중에도 면죄부 타령하는 걸 보니 나는 효자 타입의 인간은 아닌 모양이다. 크흑.)

어렸을 적부터 다양한 심부름을 했지만, 박카스와 아로나민 골드를 사러 가는 심부름을 제일 좋아했었다. 그 이유는 다른 심부름과는 다르게 콩고물이 떨어졌기 때문이다. 동그란 박카스 뚜껑에 노란색 박카스를 조금 부어주셨는데 그게 어찌나 맛있던지. 그런 내 마음도 모르고 어머니는 감질나게 늘 한 뚜껑씩만 주셨다. 홀짝 마시고서는 슈렉에 나오는 고양이 마냥 초롱초롱하고 애처로운 눈빛을 보냈지만 소용없었다. 아무리 애를 써도 내가 마실 수 있는 양은 늘 한 뚜껑이었다. 나를 제외한 모든 가족은 한 병씩 마시는데, 아무런 설명 없이 어린이는 한 뚜껑만 마실 수 있다고 하시니 박카스를 향한 열망은 나날이 커져갔다. 그때는 박카스 한 병을 통째로 마시는 게 소원이었을 정도였다.

그 때문인지 박카스를 온전히 한 병씩 섭취할 수 있

게 된 이후로 지금까지 박카스만 보면 의무적으로 다 마셔야 직성이 풀린다. 정말이지 결핍이란 무서운 것이다. 그럴 때면 어머니가 뚜껑에 가득 따라준 박카스를 행여나 흘릴까봐 고사리손으로 조심조심 받으며 행복해했던 장면이 떠오른다.

솔직히 말하자면 박카스의 맛이 썩 좋지 않다고 생각한 지 꽤 오래되었다. 그런데도 여전히 박카스를 좋아한다고 말하고 또 좋다고 생각하는 이유는 단순히 그때 마음껏 마시지 못한 결핍 때문이 아니다. 그 시절 어머니와 내가 나누었던 교감을 다시금 느끼고 싶고, 그 추억을 떠올리고 싶기 때문이다. 가끔 박카스를 뚜껑에 따라서 홀짝홀짝 마시곤 한다. 그럴 때면 지긋하게 웃으며 동그란 박카스 뚜껑을 건네주던 '어머니'의 얼굴이 떠오른다.

오락기 버튼

어렸을 적 아버지는 내가 오락실에 가는 것을 무척 싫어하셨다. 절대 오락실에 가지 말라고 신신당부하는 것은 물론 으름장까지 놓으셨다. 아버지의 당부 어린 협박은 평소와는 다르게 훨씬 더 심각한 느낌이어서 다른 건 몰라도 오락실만큼은 안 가는 게 집안의 안위를 위한 일임을 본능적으로 직감했었다. 아버지에 대한 두려움이 컸던 터라 정말이지 절대 가지 않겠다고 스스로 굳게 다짐했었다. 사실 큰 걱정은 하지 않았다. 그 시절의 나는 오락실 따위에 전혀 흥미를 느끼지 못했다. 그러니 다짐이라는 말이 무색할 정도로 '오락실 가지 않기'는 쉬운 일이었고 그렇게 몇 년은 조용하게 흘러갔다.

평화는 5학년 때 단짝 친구 용배와 같은 반이 되면서

끝이 났다. 용배는 바로 앞집에 살았는데, 등하교도 같이 하고 늘 함께 놀던 친구였다. 5학년 새 학기부터 용배는 내게 같이 오락실을 가자며 유혹하기 시작했다. 아버지가 죽일지도 모른다고 한사코 거절했다. 한 게임만 하는 건데 들키겠냐고 그럴 일은 절대 없을 거라며 시도 때도 없이 유혹했지만, 아버지의 무서움을 너무나도 잘 알았던 나는 쉽게 넘어가지 않았다. 용배 녀석도 포기하면 될 것을 새 학기부터 여름까지 쉴 틈 없이 나를 꾀었다. 잘 참아냈지만 이런 유형의 이야기는 결국 파국으로 치닫는 게 참맛이지 않은가. 나 역시 파국의 첫 관문을 내 손으로 열었다.

당시 골목에 모인 친구들은 게임 캐릭터 흉내를 내며 놀았었다. 서로 장풍을 쏘거나, 빗자루를 무기 삼아 요란하게 입으로 부와아악 소리를 내며 휘두르거나, 캐릭터들 특유의 기합 소리를 동네 떠나가라 질러대며 자기들끼리 즐거워했다. 그 모습을 보고 소외감을 느꼈으면 차라리 의기소침해져 집으로 돌아가든지 했을 텐데, 도대체 이놈들이 뭘 보고 저렇게 열광하는 건지 궁금해졌다. 그 놀이가 일종의 유행처럼 번지니 호기심을 주체할수 없었고, 결국에는 떨리는 심장을 부여잡고 미어캣처럼 사방을 두리번거리며 마치 암스트롱이 달에 첫발을내딛듯 오락실 문턱을 넘어갔다.

얇은 쇠파이프 끝에 달린 플라스틱 구슬 같은 것을 잡고 요리조리 움직이며 형형색색의 동그란 버튼들을 쉴새 없이 눌러대는 모습들이 어찌나 행복해 보이던지. 컬러풀한 화면 속 캐릭터들의 움직임은 어찌나 멋있던지. 친구들이 그렇게 열광했던 이유를 알 것 같았다. 좋아보이긴 했지만, 아버지가 갑자기 오락실 문을 박차고 들어와 뒤통수를 때릴 것 같은 상상이 머릿속에서 떠나질 않아서 금세 나와버렸다(물론 게임은 하지 않았다).

좀 전에도 말했듯 이런 유형의 이야기는 결국 파국으로 치닫는 게 참맛이자 정석 아니겠는가. 처음이 힘들어서 그렇지 두 번째는 용배의 말 한마디에 곧바로 따라갔고, 그때도 역시 재밌게 구경했고 우려했던 일은 일어나지 않았다. 별일 없는 나날이 계속되니 오락실을 가는 일은 밥 먹듯 쉬워졌다. 혹시나 아버지께 들키더라도 "아버지 제가 비록 여기서 친구가 게임을 하는 것을 구경하고는 있사오나, 결코 게임을 위해 이 요란한 기계에 동전을 넣지 않았으니 부디 오해 마시고 이 구경의 즐거움을 허락하시는 것이 옳은 일인 줄 아뢰옵니다"라고 이야기하면 아버지가 이해해주실 거라는 착각이 피어나기 시작했다.

사실 구경도 한두 번이지 정신을 차려보니 신나게 게임을 하고 있었는데, 하필이면 게임을 시작한 첫날 비극은 시작되었다. 왜 이런 일들은 항상 그럴까. 매번 지각하지 않고 성실하게 출근을 잘하다가 사장님이 제일 일찍 출근한 날에 하필 지각하는 것처럼, 동그란 버튼을 제일 처음 누른 날에 비극이 일어났다. 평소와는 다른 좀 거친 드르륵 소리가 나서 뒤를 돌아봤더니 아버지가 서 계셨고, 아버지의 동공은 이미 분노로 가득 차 있었다. 뒤에 일어난 일은 굳이 이야기하지 않아도 될 것 같지만, 그날 내 인생에서 베스트 3위 안에 들어갈 정도의 시끄러운 상황이 벌어졌고, 이후로 한동안 오락실 근처도 가지 않았다.

그때의 충격이 꽤 컸었는지 오랜 시간이 지나고 고등
학생이 된 후에도 친구들과 오락실에 갈 때마다 혹시나
아버지가 뒤에서 나타날까봐 한참을 두리번거리다 들어
가곤 했었다. 아버지는 그렇게 한가한 사람이 아니었을
텐데 말이다.

고등학교 3학년 때 미술 학원에서 경래라는 친구를
만났었는데, 그때 한창 유행하던 게임 이야기를 하며 친
해졌다. 경래는 오락실에 얽힌 자신의 경험담을 이야기
해줬는데 놀랍게도 나와는 정반대의 상황이었다. 경래
의 어머님은 게임이 두뇌 계발에 좋다는 이야기를 어디
선가 듣고 오셨는지, 반강제로 경래를 오락실에 데려가
셨다. 동전을 수북하게 쌓아두고 팔짱을 낀 채 감시하는
엄마 덕분에 경래는 어쩔 수 없이 게임을 했었다고 한
다. 이럴 수도 있다니, 우리 아버지는 왜 그 이야기를 못
들었는지 원.

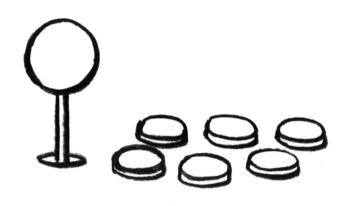

카스텔라

요즘 카스텔라는 대부분 네모난 모양이지만, '카스텔라' 하면 나는 커다랗고 동그란 '그' 카스텔라가 가장 먼저 떠오른다. 대용량 전기밥솥처럼 생긴 이름 모를 솥에서 만들어진 '그' 카스텔라. 특별한 날이면 어머니가 만들어주시던 '그' 카스텔라. 너무도 오래되어 맛은 잊어버린 지 오래지만, 그 정취는 유년 시절의 추억과 함께 여전히 내 속에 깊이 새겨져 있다.

나가사키 카스텔라, 대왕 카스텔라가 한차례 대한민국을 휩쓸고 갔고 모두 나무랄 데 없는 맛이었지만 향수가 배어 있는 어머니의 동그란 카스텔라보다는 뛰어나지 못했다. 혹 맛이라는 것에 객관적이고 정확한 지표가 있다고 한다면 아마도 어머니의 카스텔라가 뒤떨어지겠지

만, 본디 음식은 맛과 더불어 정서가 묻어나는 것이기에
적어도 나에게만은 그렇지 않다.

어머니 곁에서 잔심부름을 하며 함께 만들던 반죽과
그 반죽이 솥에서 카스텔라가 되어가는 모습을 눈으로
코로 음미했던 기억, 솥에서 모락모락 피어오르는 카스
텔라 냄새를 맡으며 빨리 먹고 싶어 발을 동동 굴렀던
기억, 그 모습을 흐뭇하게 바라보며 웃으시던 어머니의
미소가 잔뜩 첨가된 '그' 카스텔라를 뛰어넘을 수 있는
카스텔라는 세상 어디에도 존재하지 않는다.

어떤 이에게는 이것이 청국장일 수도 있고, 바다 건너
아메리카 대륙에 사는 누군가에게는 미트파이일 수도
있고, 프랑스의 아무개에게는 라따뚜이일 수도 있다. 제
각각 서로 다른 모습으로 이런 음식을 가지고 있다는 사
실이 새삼 경이롭게 느껴진다. 저마다 애틋한 사연 하나
씩은 품고 있을 텐데 그 이야기는 또 얼마나 다채롭고
아름다울까.

"엄마, 그때 카스텔라 만들어줘서 고맙습니다. 진짜 맛있었어요."

모기향

모기 퇴치 용품이 모기향과 에프킬라뿐이던 시절, 모기향을 피우는 것은 언제나 내 몫이었다. 잔잔하고 소소한 집안일은 대부분 막내가 독차지하는 구조이지 않은가. 오더를 받은 누나가 다시 나에게 오더를 줬으니까. 모기향을 피울 때면 묘한 긴장감이 들었다. 두 개로 붙어 있는 모기향을 분리하는 것 때문이었는데, 그 순간이 가장 재밌기도 하고 두렵기도 했었다. 자칫 잘못하면 거치대에 고정할 수 있게 얇은 직선으로 구멍이 뚫려 있는 모기향 한가운데 부분이 부러졌기 때문이다. 그때마다 누나와 아버지께 핀잔을 들었는데, 그게 싫어서 모기향을 분리할 때면 잔뜩 긴장을 하게 되었다. 한편으로는 초록색이 응집된 향을 괜스레 '똑!' 소리를 내면서 부러뜨리고 싶은 묘한 감정도 함께 들곤 했다. 그 마음을 억누르지 못하고 일부러 모기향 꽁다리를 만들어 골목으로 들고 가 마음껏 부러뜨렸던 기억이 난다.

묘한 감정이라곤 했지만, 지금 생각해보면 이것은 분명 쾌감이리라. 4번 타자의 호쾌한 만루 홈런에 비유하면 너무 거창하겠지만 적어도 나에게는 그와 같았다. (분명 공감하는 사람이 있으리라 생각합니다.) 모기향 부러뜨리기와 비슷한 쾌락지향적 파괴 행위는 다양하다. 예나 지금이나 제일 흔한 에어 캡(일명 뽁뽁이) 터트리기부터 색연필은 쓰지도 않으면서 심을 감싸고 있는 종이 하릴없이 풀기(하얀 실을 잡아당겨서 살구색 종이를 돌돌 풀어 쓰는 그 색연필, 아시죠?), 샤프심을 종이 사이에 겹쳐놓고 밀어 부러뜨리기(도독 소리가 일품이다) 등이 있다.

여태껏 이런 식으로 파괴해버린 수많은 물건을 한곳에 쌓아놓으면 그 양이 상당할 것이다. 그것들을 돈으로 환산하면 얼마나 될까. 정확하지는 않지만, 기분상 노트북 하나 정도는 살 수 있을 것 같다. 수북하게 쌓인 그 물건들을 바라보는 상상을 해본다. 저것들을 부수지 않고 온전하게 사용했다면, 그 금액과 맞먹는 어떤 물건이 내 곁에 있을까. 당시의 내가 이 사실을 인지하고 있었다면, 나는 과연 그 행위들을 하지 않았을까. 허망하게 부서진 물건들이 아깝다거나 부질없는 행동을 한 것에 후회가 들지는 않는다. 단지 나를 위해 부모님이 쏟아낸 노력을 순간의 쾌감과 맞바꿨다고 생각하니, 가슴 왼편이 저민다. 조금 더 일찍 부모님의 마음을 헤아렸으면 좋았을걸. 필요한 것들을 내가 번 돈으로 사기 시작하고 나서야 순간의 쾌락을 위해 멀쩡한 물건을 망가트리는 짓을 하지 않게 되었다.

이런 생각들이 들 때마다 이제 정말 효도해야겠다고 다짐하는데, 나라는 존재는 이 레퍼토리에서 영원히 벗어나지 못하고 있다. 사랑을 받았다고 느꼈기 때문에 효도를 하겠노라 다짐하는 것은 흡사 '선물을 받았으니 답례를 하는 게 예의'라는 맥락과 같아서 퍽 씁쓸하다. 그런데도 효도를 향한 계산적이고 기계적인 마음은 어느샌가 버릇이 되어버렸다. 이 좋지 않은 버릇을 고치게 될 때 어른들이 말씀하시는 '진짜 어른'이 되겠지. 부모님이 나에게 준 아가페적 사랑까지는 못 미치겠지만, 언젠가는 효도를 향한 내 진심이 아주 작은 크기일지라도 순수해졌으면 좋겠다. 부모님의 그 사랑을 배우고 닮아가면서 진짜 어른이 되는 것 같다. 이래서 우리네 부모님들은 '애를 키워봐야 어른이 된다' 또는 '꼭 너 같은 새끼를 키워봐야 내 마음을 안다'고 말씀하시나보다.

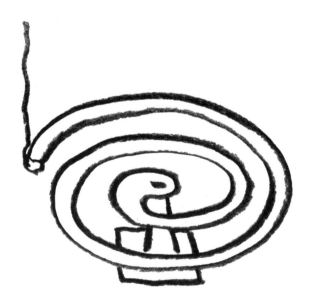

채널 변경 레버

한때는 신문물이었던 브라운관 TV를 기억하시는지. 놀라웠던 그 문물도 어느덧 '그때가 좋았는데…' 같은 애잔함을 품은 물건이 되어버렸다. TV를 실컷 보고 싶어서 빨리 어른이 되고 싶었던 그때의 기분이 생각난다. 철없던 그때의 바람만큼 세월이 흘러버린 지금, 도리어 그 시절을 그리워하고 있다니. 삶은, 인생은 역시 아이러니하다. 또 언젠가는 지금을 그리워하겠지.

그때의 TV는 리모컨이 없어서 채널을 변경하려면 동그란 레버를 돌려야 했었는데 딸깍딸깍하는 소리와 채널마다 탁, 탁 절도 있게 멈추는 그 느낌이 좋아서 하릴없이 돌리곤 했었다. 사실 동그란 레버 따위를 돌리는 것보다 TV를 보는 편이 훨씬 더 재미있고 좋았지만, 아버지는 어린 내가 TV 보는 것을 끔찍할 정도로 싫어하셨다. TV가 너무나도 보고 싶었지만, 아버지의 불호령이 두려운 나머지 애꿎은 레버만 만지작거리며 '드드드득 드드드득' 돌려대곤 했었다. 그조차도 혹여나 아버지에게 들키면 혼쭐이 났다. "이럴 거면 도대체 TV는 왜 사신 거예요!"라고 반박하고 싶었지만, 감히 그럴 수 없어서 괜히 만만한 어머니에게 TV 보고 싶다며 칭얼댔던 기억이 난다.

TV 시청은 아버지가 집을 비울 때만 가능한 일이었는데, 가내 수공업을 하셨던 부모님은 늘 집에 계셨기 때문에 고작 TV 전원 버튼을 돌리기만 하면 되는 이 간단한 일이 나에게는 결코 간단하지 않았다. TV를 향한 결핍이 '왜 우리 부모님은 회사원이 아닌 걸까?' 하는 투정으로까지 연결되었다. 아버지가 회사에 다니시면 맨날 볼 수 있을 텐데, 하며 말이다.

어쩌다가 기회가 찾아온다고 해도 마음 편히 볼 수 없었다. 한쪽 귀는 TV 소리에 귀를 기울이고, 나머지 한쪽 귀는 마당을 향해 있었다. 혹시나 누군가의 발소리라도 들리면 재빨리 TV를 끄고 후다닥 책상으로 달려가 태연하게 앉아 있는 열연을 펼쳐야 하므로 긴장의 끈을 단단히 부여잡고 있어야 했다(이렇게까지 해서 봐야만 했었던 걸까). 책상 앞에 앉는 것까지는 무사히 성공했어도 아직 마지막 관문이 남아 있다. 외출 후 아버지가 제일 처음 하시는 일은 TV 뒤쪽에 손바닥을 지긋이 올려놓고 브라운관의 온도를 체크하는 것. 아버지는 그 온도를 통해서 TV의 시청 여부를 판단하시곤 했었다.

이제와 생각해보면 아버지는 내가 TV를 봤다는 사실을 알면서도 대부분은 모르는 척 그냥 넘어가셨던 것 같다. 그 시절의 아버지와 비슷한 나이가 된 나의 감각을 대입해보면 절대로 눈치채지 못할 정도가 아니었다. 그 온기를 느끼지 못할 리가 없다. 비록 넉넉하지는 않았지만, 아버지는 나름대로 TV를 볼 수 있도록 해주신 거였다. 하지만 철없던 그 시절의 내가 알아차릴 리 있나. 그저 원망만 난무했을 뿐. '보지도 않을 TV 따위는 왜 사신 걸까?' 하는 생각이 늘 의문으로 남아 있었다.

아버지 당신조차도 고작 〈9시 뉴스〉 정도 보시는 게 전부였으니까.

젊은 아버지는 어떤 연유로 TV를 구매하고서도 수납장 위에 덩그러니 올려놓기만 하셨을까. 그 속을 온전히 이해할 수 없지만 '그래서였을까?' 하는 정도로 추측해본다면, '소중'했던 것 같다. 이리저리 생각해보고 감정이입을 해봐도 '소중했다'까지밖에 도달하지 못하겠다.

아버지는 어렸을 때부터 고향을 떠나 혈혈단신으로 타지에서 치열하게 살아오셨다. 그 삶이 얼마나 버거웠을까. 문자 그대로 당신 몸 하나 편히 누울 곳도 없고 여분의 옷가지도 없었던 시절을 힘겹게 견뎠을 것이다. 그런 아버지가 당신 손으로 천천히 일궈낸 것들이 얼마나 귀했을까. 당신 몸뚱이보다 작은 TV를 재산 목록에 올리기 위해 경험해야 했던 수많은 감정은, 비교적 풍요롭게 살아가는 우리 세대가 감히 헤아릴 수 없을 것이다. 인터넷을 새롭게 설치하면 사은품으로 TV를 주는 그런 시대를 살아가고 있는 내가 'TV를 향한 젊은 아버지의

마음'을 어찌 알 수 있을까 싶다. 다음번에 기회가 닿으
면 용기를 내어 물어보는 수밖에.

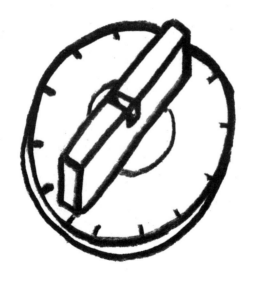

단추

나는 다섯 살까지는 흐릿하더라도 어느 정도 기억이 살아 있는데, 다른 사람들은 어떤지 궁금하다. 나만 그런지 모르겠지만 신기하게도 해가 더해질수록 기억들이 다시 편집되는 기분이다. 불과 5년 전만 해도 청소년기의 기억들은 선명한 반면 유년 시절의 조각난 기억들은 도무지 맞춰지지 않았는데, 요즘은 그 반대가 되었다.

요즘에는 유년 시절의 기억들이 제법 선명해지고 그때의 장면들이 뚜렷하게 떠오르기도 한다. 그 장면들 속에 항상 존재하는 것은 부모님이 운영하시던 가내 수공업 형태의 작은 봉제 공장이다. 세간살이와 함께 공존했던 재봉틀과 다리미들. 열심히 만든 옷들이 차곡차곡 쌓여 있는 작업대 앞에서 마지막 단추를 달던 엄마. 그 옆에 앉아 단추를 하나씩 챙겨드렸던 기억. 눈이 침침하다며 바늘에 실을 꿰어달라고 하셨던 일들. (지금 생각해보니 그때 엄마는 실을 끼우기 힘들었던 것이 아니라 고사리손으로 실을 꿰는 아들의 모습을 보고 싶어 했던 것 같다.) 고작 몇 걸음만 가면 바로 집인데 엄마와 꼭 같이 가고 싶어 했던, 마냥 엄마가 좋았던 그 마음. 이 모든 것들이 점점 선명해진다.

옷을 만드느라 항상 바빴던 부모님은 자잘한 일을 해줄 일손이 필요했고, 그 역할은 자연스럽게 내 몫이 되었다. 그중에서도 심부름을 가장 많이 했었는데, 주로 단추 샘플을 하나 들고 부자재를 파는 도매 시장에 가서 단추를 사 오는 일이었다. 순수했던 그때의 나는 단추 샘플과 지폐를 손에 꼭 쥐고 중요한 임무를 맡은 것 마냥 사뭇 진지하게 심부름에 임했고, 빠르게 임무를 완수했을 때 돌아오는 그 칭찬이 너무 좋았다. 무서웠던 아버지가 해주는 칭찬만큼 짜릿한 것은 없었다.

그렇게 다섯 살부터 시작된 이 심부름은 시간이 지나

초등학교 고학년이 되자 익숙해졌다. 손에 꼭 쥐었던 동그란 단추와 지폐는 어느새 주머니에 대충 찔러 넣고 털레털레 다니기 시작했고, 그쯤 돈을 잃어버리는 사건이 발생했다. 어찌할지 몰라 허둥대고 있는데 저 멀리서 나보다 훨씬 어린 동네 꼬마들이 고사리손에 만 원짜리 한 장을 쥐고 뛰어왔다. 그때의 안도감과 고마움, 떨림과 감동이 아직도 잔잔하게 떠오른다. 어찌나 고마웠던지. 그날 밤 나도 언젠가 돈이나 무언가를 줍게 된다면 꼭 주인을 찾아주겠노라 다짐했다. 이후로 한동안 뭐 떨어진 게 없나 땅만 보고 다닌 적도 있었지만, 여태껏 누군가의 중요한 것을 주운 적은 한 번도 없었다. 내 기억 속에서는 여전히 고마운 꼬마들인데, 지금쯤 30대를 훌쩍 넘겼겠다. 그때의 어린 꼬마들은 지금 어떤 어른이 되었을까.

드래곤볼 I

만화책 《드래곤볼》을 처음 읽었을 때의 이야기다. 5학년쯤이었던 것 같다. 주인공 손오공의 드래곤볼을 찾는 모험이 재밌기도 했지만, 일곱 개의 동그란 구슬을 모으면 어떤 소원이든지 이뤄준다는 스토리가 내 마음을 사로잡았다. 어떤 소원이든 들어준다니, 상상만으로도 설렜고 딱 한 번이라도 좋으니 나도 드래곤볼을 모아서 소원을 빌고 싶었다. 주인공들이 소원을 빌 때마다 나도 따라서 마음속으로 나만의 소원을 빌곤 했었는데, 가끔은 그 소원이 이뤄졌다고 가정하고서 상상 속에서나마 하고 싶은 것을 실컷 하며 시간을 보냈다.

그 뒤에 따라오는 허무함 역시 《드래곤볼》을 통해서 배웠다. 이건 마치 복권을 구매하고 당첨일을 기다리는 동안 상상의 나래를 펼치며 당첨 이후의 거취를 제법 진지하게 고민하는 것과도 같다. 결국에는 복권에 당첨되지 않을 거라는 걸 잘 알고 있지만, 상상하는 순간만큼이라도 갑갑한 현실에서 벗어나고픈 마음이다. 어쩌면 복권에 매겨진 가격은 현실 도피에 필요한 '상상값'일 지도 모르겠다. 1,000원으로 과자 한 봉지 사기 힘든 세상에 이 정도면 꽤 합리적인 가격인 것 같다. 세월이 훌쩍 흐른 지금이나, 세상 물정을 잘 알지 못했던 그때나 비빌 구석을 찾는 것은 여전하다. 이건 어쩌면 본능과도 같은 것일지도 모르겠다.

그때의 나는 제법 진지했었는데, 다시금 그 소원들을 꺼내보니 그저 귀엽기만 하다. 시험을 없애달라는 둥, 누나보다 키가 컸으면 좋겠다는 둥, 손오공처럼 하늘을 날 수 있었으면 좋겠다는 둥, 아빠가 다정해졌으면 좋겠다는 둥, 뭐 이런 종류의 소원들이 대부분이었다. 아마도 그때의 나는 이런 것들에 대한 결핍이 있었나보다.

지금은 도저히 생각나질 않지만, 시험을 없애달라는

소원이 이뤄졌다고 상상을 하면서 내가 느낀 감정은 무엇이었을까. 단순히 공부가 하기 싫었던 걸까. 아니면 시험을 잘 치러야 한다는 압박감이 싫었던 걸까. 시험이 주는 감정은 어떤 형태였길래 시험을 없애달라는 '소원'으로까지 연결된 것일까. 글을 적다보니 그 시절의 감정이 어렴풋하게나마 떠오른다. 철부지 아이의 투정처럼 느껴져서 귀여운 소원이라고 앞서 이야기했는데, 어린 시절의 내가 이 글을 읽는다면 "아재 주제에 알지도 못하면서"라고 말할 것만 같다. 그만큼 심각한 문제였을 것이다. 어찌 되었건 예나 지금이나 시험은 참 비호감이다.

소원은 결핍에 따라 발생하는 바람 같은 것일 텐데, 여태껏 살아오면서 느꼈던 바람들을 떠올려보니 갖가지 모양의 내 삶이 보인다. 학창 시절에는 시험에서 벗어나고 싶었던 모양이고, 20대에는 돈이 필요했던 모양이다. 돈, 돈, 돈 하던 내 모습들이 보인다. 돈도 중요한 삶의 일부이긴 하지만 결코 전부가 아닌데, 그때의 나는 전부라고 생각했었던 모양이다. 돈을 많이 벌고 싶어 혈안이 되었던 내가 보인다. 분명 그때의 내 손에 드래곤볼이 주어졌다면, 억만장자로 만들어달라고 했을 것이다.

이런 마음을 품고 매주 복권을 사며 달콤한 상상 속으로 도피를 했었던 것 같다. 비교적 돈으로부터 자유로워진 지금에 와서야 드는 생각이지만 그보다 더 가치 있고 의미 있는 것들이 참 많은데, 돈을 좇느라 훨씬 더 멋진 것들을 탐구하지 못한 그 시절의 시간이 너무나도 아깝다(지금의 통장 잔고가 넉넉해서 그런 것은 아닙니다). 이런 시간이 있었기에 지금의 시간이 존재하는 거겠지만, 아까운 것 또한 어쩔 수 없다. 어찌 되었든 억만장자 따위는 생각만 해도 고달프다.

지난 이야기는 그만하고, 요즘의 내 소원을 말하자면 뭐랄까. '워라밸'이랄까. 지극히 평범하지만 안정감 있는 하루들이 반복되는 게 요즘의 소원이다. 덧붙여 미래의 내 소원을 예측해본다면 아마도 워라밸을 오래도록 유지할 수 있게 '건강'한 것이 아닐까 싶다. 현재의 소원과 미래의 소원을 놓고보니 마음먹기에 따라 충분히 이뤄낼 수 있을 것 같다. 지금부터 조금씩 해나가면 되는, 어찌보면 제일 이루기 쉬운 것이지만 인간이라는 게(싸잡아서 말한 것 같지만, 나한테 하는 이야기입니다) 참 어리석어서 이런 유형의 바람들은 항상 뒷전으로 미루게 된다. 딱 오늘까지만 쉬고 내일부터는 진짜 운동해야지, 이런 식으로 말이다. 이걸 잘 알면서도 결국은 미루고 미뤄서 소원을 이뤄주는 동그란 드래곤볼이 있었으면 좋겠다고 생각하겠지. 드래곤볼 따위 없으니까 이제 그만 정신 차려야 할 텐데.

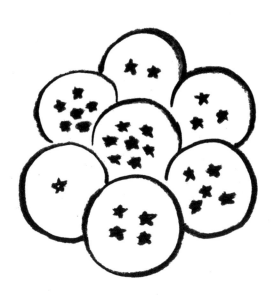

드래곤볼 II

이어서 또다시 드래곤볼 이야기. 《드래곤볼》 시리즈 전권을 책장에 꽂아두는 것은 어린 시절의 나에게는 염원과 같았다. 만화책을 사는 것에 염원이라는 단어까지 써야 하나 싶지만 단순하게 돈을 주고 《드래곤볼》을 사는 것은 두 번째 문제였기 때문에 염원이라 불릴 만했었다. PC게임 따위는 없었던 시절, 《드래곤볼》은 마치 지금의 PC게임처럼 청소년들의 공부를 방해하고, 심히 폭력적이라 정서적으로도 좋지 않은 것으로 취급되었다. 그 분위기에 압도당한 나머지 나조차도 만화책을 보면서 '이러면 안 되는데…' 생각했으니 무슨 말이 더 필요하랴. 겨우 만화책 한 권 보는 건데 술, 담배라도 하는 것처럼 숨어서 손오공의 모험을 즐겨야 했었다.

사정이 이렇다보니 교과서 펴놓듯 떳떳하게 책상에 앉아서 《드래곤볼》을 보거나 책장에 떡하니 《드래곤볼》을 꽂아두기란 당시의 나로서는 쉽지 않은 일이었다. 사회적인 분위기는 차치하고서라도 《드래곤볼》을 사서 책장에 꽂아두는 날은 아버지와의 폭력적인 심층 면담이 기다리고 있었을 테니 말이다. 물론 이것은 무서운 아버지를 둔 나의 지레짐작이다. 실제로는 '우리 아들놈은 왜 만화책 같은 걸 안 사나 몰라. 이참에 나도 한번 보고 싶은데 말이야'라고 생각하고 계셨을지도 모를 일이다. 뭐 하여튼 이런 이유로 《드래곤볼》이 있는 책장을 가지는 것은 당시의 나로서는 여러모로 쉽지 않은 일이었다.

대학을 진학하면서 곧바로 독립을 했던 터라 마음만 먹으면 언제든지 《드래곤볼》이든 (19금의) 무엇이든 떳떳하게 사들여서 책장에 진열할 수 있게 되었지만, 갑자기 주어진 자유를 누리고 만끽하느라 《드래곤볼》 따위는 눈에 들어오지도 않았다. 늦게까지 놀거나, 머리를 노랗게 물들이고 요란한 옷차림으로 개성을 뽐내는 게 훨씬 더 재밌었다. 거기다 빠듯한 생활비로 만화책을 구매한다는 것은 사치 그 이상의 사치. 애초에 말이 안 되는 것. 심지어 학창 시절에 다 봤던 거라 내용도 이미 다 알고 있는 데다가 《드래곤볼》이 밥 먹여주는 것도 아니니 '남자의 로망 《드래곤볼》'은 개 풀 뜯어 먹는 소리로 전락할 수밖에 없었다. 이건 어쩌면 지극히 당연한 자연의 이치 같은 게 아닐까.

이렇게 한 살, 두 살 나이를 먹으며 세상으로 더 깊게 들어갈수록 자연스럽게 어린 시절의 염원과도 같았던 《드래곤볼》 수집하기는 점점 그 의미를 잃어갔다. 손오공이 갈수록 강력한 악당을 마주했듯, 삶의 다양한 문제들과 격전을 버리기도 바쁜데 한낱 만화책에 할애할 마음의 여유 따위는 없었다. 비단 《드래곤볼》뿐만 아니라 어렸을 적의 로망들은 이렇게 잊히는 게 어쩌면 순리일지도 모르겠다. 나만큼은 절대 그러지 않을 거라 생각했지만, 세월 앞에 장사 없었다.

정확히 언제였는지 기억이 가물가물하지만, 어쨌든 평화로웠던 어느 날(이건 꼭 만화 속에서 악당들이 나타나기 직전에 나오는 멘트 같다), 문득 《드래곤볼》을 보고 싶다는 생각이 들었다. 곧바로 검색을 해봤더니 《드래곤볼 신장판》이라는 이름으로 이제 막 만화책이 재출간된 상태였다. 이건 뭔가 지금 꼭 사야 할 것만 같은 느낌이 들어서 냉큼 구매했다. 어린 시절 그토록 바라던 것이었는데, 너무 쉽게 손에 들어오니 조금은 허망한 느낌이 들기도 했다. 말로는 《드래곤볼》을 가지는 게 염원이었다고 떠벌리곤 했지만, 과연 그것이 진실인지 아니면 향수에 의해 조작된 기억인지 헷갈린다. 20년도 더 지나서 그런지 모르겠지만 꼭 가지고 싶다는 느낌만 희미하게 남아 있을 뿐, 실제로 만화책을 가지지 못한다고 하더라도 아쉬움은 없을 것 같다. 아니, 실제로 구매에 성공했기 때문에 이런 마음이 들었는지도 모르겠다.

바로 다음 날, 주문한 《드래곤볼 신장판》이 도착했다. 설레는 마음으로 정성스럽게 포장을 뜯었다. 기분이 묘했다. 이게 어렸을 적 그토록 가지고 싶었던 것이라니, 난 왜 이 만화책이 가지고 싶었던 걸까. 단순히 캐릭터가 멋있어서였을까. 아니면 하늘을 요리조리 날아다니며 에

네르기파를 쏘는 모습을 동경해서였을까. 이런저런 잡생각을 품은 채 만화책을 다시금 읽어 내려갔다. 읽을수록 어렸을 적 느끼지 못했던 것들과 더불어 생각하지 못했던 캐릭터들의 갖가지 감정이 느껴졌다. 기분이 묘했다.

만화 속 캐릭터들은 여전히 그대로이고 그들이 헤쳐나간 모험, 그리고 그들이 맞이했던 결말도 변함이 없는데 나는 왜 이 모든 게 다르게 느껴질까. 오랜만에 다시 꺼내 본 영화에서도 비슷한 감정을 느끼듯, 그동안 살아온 삶의 모습들이 나를 변하게 만들어서 그렇겠지. 그렇다면 앞으로 또 20여 년의 세월이 지난 후에 다시 《드래곤볼》을 펼쳤을 때도 지금 보지 못했던 것과 느끼지 못했던 것들을 발견할 수 있을까. 어린 시절 느끼고 보지 못했던 것들을 지금 찾은 것처럼 그때도 그랬으면 좋겠다. 그래서 그 이야기를 지금처럼 글로 남길 수 있으면 좋겠다.

20년이 흐른 후에도 동그란 드래곤볼을 찾아 떠나는 모험기의 이 만화책이 내 책장 속에 지금처럼 꽂혀 있길 바란다.

동전 파스 II (feat. 멘소래담 로션)

〈동전 파스 I〉에서 파생된 또 다른 이야기. 파스를 볼 때마다 매번 생각나는 것은 아니지만, 파스에 관한 잊지 못할 에피소드가 있다. 때는 중학교 2학년.

당시에는 화장품, 그러니까 스킨, 로션은 늘 누나의 것을 발랐다. 연분홍색 플라스틱 통이 인상적이었던 존슨즈 베이비로션. 사실 그마저도 바르지 않을 때가 더 많았다. 그게 아니면 일주일에 한 번씩 갔던 목욕탕에 구비되어 있는 '어른'들의 스킨, 로션을 발랐다. 손바닥으로 양쪽 볼을 강하게 내리치면서 세상 쾌남인 척하던, 마치 TV 광고에 나올 법한 그런 스킨, 로션 말이다. 목욕탕의 거울을 응시하며 위풍당당하게 자신의 뺨을 후려치는 어른들을 보면서 '도대체 왜 저러는 걸까?' 싶다가도 은근슬쩍 흉내 내곤 했었다. 아직 보송보송한 솜털로 감싸진 연약한 볼이 감당하기에 어른들의 것은 너무나도 강렬했다. 하지만 그것을 양 볼에 찰싹찰싹 바르고 나면 나도 이제 마냥 어리지는 않다는 생각이 들어 괜히 우쭐해졌다. 마음 같아서는 영화 〈나 홀로 집에〉 나오는 케빈처럼 소리치고 싶었으면서 말이다.

그러던 어느 날, 친구들과 스킨, 로션에 관해 이야기를 나누던 중 어떤 녀석이 나에게 물었다. "야~ 니는 뭐 바르노?" "나는 존슨즈 베이비로션 바른다." "아하하하~ 얼라도 아이고 뭐 그런 걸 바르노. 하하하." "분홍색 통에 든 거 그거? 하하하." 이야기에 동참하지 않았던 녀석들도 어느샌가 다 같이 놀려댔다. 목욕탕에 있는 어른들 것도 바른다고 반박하고 싶었지만, 이미 소용없는 상태가 되어버렸다. 중2병 환자 수십 명이 합심하여 놀려대는데 무슨 수로 반박하리오. 그저 어깨를 떨구고 있을 수밖에.

그날 밤, 억울함을 호소하며 "나도 화끈하고 알싸한

어른 화장품 바를 줄 안다고! 잘 알지도 못하면서!"라고 혼자 중얼거렸다. 누나의 로션 따위 이젠 절대 바르지 않겠노라는 다짐과 함께. 분을 식이지 못한 채 씩씩거리며 집 안 구석구석을 뒤지기 시작했다. 한참을 이리저리 뒤적거리다 부모님 방에서 상비약을 모아둔 상자를 발견했다.

뚜껑을 열었는데, 누나의 존슨즈 베이비로션 통과 거의 흡사한 모양의 것이 눈에 띄었다. '멘소래담 로션'이라고 적혀 있었다. '이거다! 멘소래담 로션! 음~ 이름도 어딘지 남자답군. 어라, 안티푸라민 연고에 있는 소녀가 그려져 있네.' 어딘지 모르게 친숙했다. 내가 알고 있는 것을 만났을 때의 그 친숙함이 내게 더 큰 확신을 안겨줬다. 사실 그때 의심을 했어야 했다. '연고에 있던 소녀가 여기에 왜 있는 거지?'라고 말이다. 당시의 나는 세상 물정 모르는 꼬마이기도 했지만, 친구들의 놀림으로 이성을 상실한 상태였던 것 같다.

'뿌지직' 경쾌한 소리와 함께 왼손바닥 가득 멘소래담

을 짰다. 그리고 TV 광고에 나왔던 쾌남처럼 시원시원하게 얼굴 가득 멘소래담이라 불리는 연고 타입의 '파스'를 발랐다. 그때의 고통은 분명 (아빠의 스킨을 발랐던) 케빈이 느꼈을 고통, 그 이상이었다. 그 얼얼함은 뭐라 표현하기가 힘들다. 직접 경험해보라고 할 수도 없고 참…. 이불을 뒤집어쓰고 한참을 뒹굴었던 기억만이 그날의 고통을 대변하고 있다.

그날 이후, 나는 누나의 존슨즈 베이비로션을 더 이상 원망하지 않았다. 그날의 강렬함은 고등학생을 지나 대학생 때까지 지속되었다. 친구들은 하나 같이 이병헌이 모델로 나왔던 '트윈엑스'라는 화장품을 쓸 때, 나는 그 어떤 외압에도 굴하지 않고 여학생들이 애용했던 '클린앤 클리어'를 고집하게 되었다.

함박스테이크

아내는 특별한 일이 있지 않는 이상 대체로 집에서 그때그때 요리를 만들어 먹는 것을 선호하는 편이다. 귀찮음 지수가 엄청 높은 상태이거나 집에서 만들기 까다로운 음식이 아니라면 외식하는 것을 그다지 좋아하지 않는다. 그렇다보니 어쩔 수 없이 외식을 할 때마다 식당을 찾고 선택하는 일이 우리에겐 생각보다 큰 스트레스로 다가온다. 배고픔과 스트레스가 뒤범벅된 상태에서 선택한 메뉴나 가게들은 대부분 실패한 경우가 많아서 외식에 대한 기억이 좋지 않다. 그 행위를 되풀이하는 게 싫어서 우리 입장에서 안전한 식당, 그러니까 검증을 통해 증명된 식당만 가는 편이다. 쉽게 말해서 항상 가는 곳만 간다.

며칠 전에는 새로운 맛을 향한 갈망과 실패의 두려움

사이에서 갈팡질팡하다가 'XX 함박' 앞에서 발길을 멈췄다. 아내와 내가 서울에서 각자 생활하고 있을 당시 한 번씩 가봤던 터라 나름의 추억이 있기도 해서 오랜만에 먹어보고 싶어졌다. 체인점으로 바뀌고 나서는 가보지 않았던 터라 살짝 걱정되긴 했지만, 추억을 마법의 양념 삼아 먹어보기로 했다.

주문하고 음식을 기다리는데 불현듯 '함박스테이크'라니, 어딘지 구수한 추억과 향수가 묻어 있는 음식처럼 느껴졌다. 마치 시골 할머니 댁에서나 먹을 수 있었던 시골 된장으로 만든 오리지널 된장찌개 혹은 이제는 찾아보기 힘든 경양식 옛날 돈가스를 마주한 기분이랄까.

함박스테이크가 향수를 불러일으키는 음식이 되다니, 세월도 많이 흐르고 시대도 많이 변했구나 싶다. 이 음식을 처음 먹었을 때가 중학교 2학년에서 3학년으로 넘어가는 시기였던 것 같다. 요즘이야 함박스테이크는 김밥천국, 아니 편의점 도시락이나 레토르트 식품으로도 쉽게 접할 수 있는 흔하디흔한 것이지만 예전에는 꽤 본

격적인 느낌이었다. 요즘으로 따지면 나폴리에서 무슨 무슨 상이라도 받은 화덕 피자 같은 느낌이랄까. 중학생이 사 먹으려면 나름의 준비와 계획, 명분이 필요했던 음식이기도 했다.

하여튼 그즈음 처음 먹었는데, 함박스테이크를 접했던 가게의 이름이 어찌나 강렬했는지 20년이 훌쩍 지난 지금도 잊을 수 없고 앞으로도 당분간은 뇌리에서 사라지지 않을 것 같다. 음식을 기다리는 동안 아내에게 함박스테이크를 먹었던 추억과 가게 이름을 이야기해줬더니, 아내는 참지 못하고 연신 돌고래 초음파를 발사했다. 당시 피노키오 밴드의 〈사랑과 우정 사이〉라는 곡이 대중에게 큰 사랑을 받고 있었는데, 아마도 이 노래에서 영감을 받은 듯한 그 가게 이름은 '친구 이상, 연인 미만'이었다. (어린 나는 이 이름이 너무 멋있다고 생각했는데, 지금은 너무 오글거려서 손발이 비틀어질 것 같다. 글을 쓰고 있는 지금도 아내의 고주파 소리가 들려오는 것 같다.)

요즘 말로 하면 제법 간단하다. 그냥 '썸'이다. 그때의

'사랑과 우정 사이' '친구 이상 연인 미만'은 '썸'과 같은 의미를 가진 말인데 정확하게 표현하긴 힘들지만 어딘지 모르게 느낌이 다른 구석이 있다. 단어가 주는 가벼운 느낌도 있지만, 그때와 지금의 정서가 많이 변한 것도 한몫한다. 호감이 싹트고 그것을 키워가는 과정에서 인간이 느끼는 감정의 모양이나 크기들은 예나 지금이나 비슷하겠지만, 그 감정을 전하고 표현하는 방식이 많이 달라졌다.

핸드폰은 고사하고 삐삐도 귀했던 시절, 누군가에게 말 한마디 전할 때조차 많은 여건을 갖춰야 했던 시절, 기약 없이 답장을 기다렸던 시절, 우연히 만나는 것에 대한 기쁨이 지금보다 몇 배는 컸던 시절, 이 모든 것을 이겨내고 만났지만 차마 마음을 전하지 못했던 그 시절을 떠올려보면 지금과는 간절함의 깊이를 비교하기가 힘들다. 그에 비하면 요즘은 노력을 덜 들이고도 쉽게 말을 전할 수 있지만, 애석하게도 그 말에 담긴 마음은 가볍게 느껴지는 것 같다. 그때의 애틋함이 너무 좋았기 때문에 지금의 '썸'보다는 '사랑과 우정 사이' '친구 이상

연인 미만'이 오글거리긴 하지만 더 좋은 느낌, 그리운 느낌이다.

　참고로 고백하자면 '썸'이라는 단어가 사람들의 입에 오르내리는 그 시점의 나는 '썸'이라는 것을 행하거나 그 감정을 느낄 수 있는 상태가 아니었기 때문에 요즘의 '썸'을 정확하게 이해할 수 없다. 그래서 누군가에겐 순결하고 소중할 '썸'을 함부로 말하는 것 같아 조심스럽다. 그러니까 혹시 '썸'을 타고 계신 분이 지금 이 글을 읽으셨다면 절대 당신의 '썸'을 함부로 이야기하는 것이 아니니 오해하지 않길 바란다.

　동그란 함박스테이크 먹으러 갔다가 사랑이니 연인이니 썸이니 떠들어댔지만, 어찌 되었든 결론은 함박스테이크는 참 맛있었다.

농구공

요즘은 어떤지 모르겠지만, 나 학창 시절에는 개인별로 번호가 부가되었다. 고등학교를 졸업하고 나서야 알게 된 사실인데, 학교나 학급별로 번호를 매기는 방식이 달랐단다. 내가 다녔던 초중고는 모두 같은 기준을 적용했는데, 바로 '키'였다. 그러니까 키가 작으면 작을수록 낮은 순자가 주어진다는 뜻인데, 정규 과정 12년 동안 내 번호는 늘 1~4번 사이 어디쯤이었다. 빙 둘러서 이야기했지만, 한마디로 학창 시절의 나는 키가 참 작았다(어쩌면 지금도…).

그럴만도 한 게 아버지, 어머니 모두 워낙 단신인 데다가 나는 입도 짧은 편식쟁이였다. 더군다나 정적인 타입의 인간이어서 움직이는 것도 좋아하지 않았다. 한창 먹

179

고 뛰어다닐 때 이러고 있었으니 키가 작은 것은 어쩌면 당연한 결과다. 생각해보니 부모님은 이런 나를 답답해하셨던 것 같다. (아이가 있는 것은 아니지만) 그때의 부모님과 또래의 나이가 된 지금에서야 그 심정이 공감된다. 얼마나 속상하셨을까. 사료를 챙겨주던 길고양이도 잘 먹지 않으면 속상한데, 하물며 내 속으로 낳은 자식인데 오죽하셨을까. 그렇게 부모님 속을 썩여가며 초등학교를 졸업했고, 당시의 내 키는 138센티미터 정도밖에 되지 않았다. 정말 작았다.

그때쯤 단짝 친구였던 용배가 이사를 했다. 걸어서 겨우 10분 정도 떨어진 거리였지만, 아주 멀리 떠난 기분이었다. 거기에다 중학교도 서로 다른 학교로 가게 되어 완전히 멀어진 듯한 기분은 배가 되었다. 지금 생각해보면 참 우스운 일이지만, 용배네 학교와 우리 학교는 앙숙이었다. 특별한 이유도 없었고 그저 학교가 다르다는 이유로 서로 으르렁댔다. 그땐 대체로 이런 분위기였는데 도대체 왜 그랬던 걸까. 지금 생각해보면 참 같잖은데 그 당시엔 분위기에 휩쓸려 단짝 친구 용배와도 점점 멀어져갔다.

  중학교 생활도 어느덧 익숙해질 무렵, 우리 집도 이사
를 하게 되었는데 놀랍게도 용배네 근처였다. 불과 걸어
서 1분 정도밖에 되지 않는 거리였다. 어리고 순수했던
우리에게 이 사건은 운명이자 필연과도 같았다. 원래부
터 단짝이었지만, 우리는 이를 통해서 더욱더 끈끈해졌
다. (보통 순수했던 시절에는 이런 사실만으로도 우정이 두터워
지곤 하지 않나요?) 지금 생각하면 조금 오글거리지만, 그
때의 우리는 진지했던 터라 이 필연적 사건을 무척 특별
하게 여겼다. 이 특별함을 뽐내고 싶어 늘 입이 근질거렸
다. 자랑할 대상이 없으면 우리끼리라도 곱씹으며 즐거
워했었다. (중2병이었나?) 용배와 나는 서른 살이 넘어서야
다시는 이 이야기를 꺼내지 않게 되었다. 아마 이때쯤
우리 마음속에 존재했던 순수함이 바닥을 드러냈던 것
은 아닐까 싶다.

  하여튼 용배와 다시 재회한 나는 비록 학교는 달랐지
만, 항상 같이 다녔다. 특히 방학이 되면 거의 같이 살다

시피 했다. 주로 농구를 하고 놀았다. 공에 대한 공포심이 있어서 공을 끔찍하게 싫어하지만 용배를 위해서 꾹참고 농구를 같이 했었다. 그도 그럴 것이 용배는 나와같이 놀기 위해서 학교 친구들과의 농구 시합도 포기했기 때문에, 차마 그 앞에서 농구가 싫다고 말하지 못했었다. 이렇게 시작된 용배와의 농구는 우리 집이 다시이사 가기 전까지 이어졌고, 그 기간은 3년 정도였다.

왜 하필 농구였냐 하면 당시는 드라마 〈마지막 승부〉와 만화 〈슬램덩크〉가 전부였던 시절이었다. 그 인기는무시무시했다. 농구 골대 하나에 수십 명이 들러붙어서마치 자신이 서태웅이라도 된 것처럼 멋을 부리곤 했었다. 한두 사람만 그런 게 아니라 농구를 하는 모두가 한마음 한뜻으로 멋을 부렸다고 생각하니, 닭살이 돋아서도저히 가만히 앉아 있을 수가 없다. 글을 쓰고 있는 지금의 내 손도 민망함에 뒤틀려버릴 지경이다. 용배와 함께하긴 했지만 저 틈에 끼어서 농구를 하기엔 나는 키도작고 연약했다. 그래도 막상 시작하면 딴에는 최선을 다했고 나름 즐거웠다. 돌이켜보니 참 많이도 했었다.

다시 처음의 키 이야기로 돌아와서, 내 키는 초등학교 졸업 당시 138센티미터 정도밖에 되지 않았었는데, 우연의 일치인지 모르겠지만 용배와 함께 농구를 하기 시작한 시점부터 키가 무서운 속도로 자라기 시작했다. (무서운 속도라고 이야기하니까 엄청나게 커버린 것 같지만, 그 정도는 아니고 평균보다 항상 작았는데 이제 딱 평균이 되었다.) 그때는 단지 때가 되었기 때문에 키가 큰 거라고 생각했었다.

그러다 언제인지 정확하게 기억이 나지 않는 어느 날, 커다랗고 동그란 농구공을 통통 튀겨가며 시끌벅적하게 기교를 부리는 어느 NBA 선수의 영상을 보게 되었다. 문득 '농구를 하면 키가 잘 클 것 같다'는 생각이 떠오르면서 자연스럽게 용배와 함께 농구를 하던 때가 생각났다. 부모님의 염원 중 하나였던 '대일이 키 170센티미터 넘기기'는 어쩌면 용배 덕분에 이뤄졌을지도 모른다. 만약 정말로 용배와 함께 농구를 해서 그런 거라면, 이것 또한 용배 집 근처로 이사를 한 부모님의 선택이 있었기에 가능했을지도.

여러 가지 요소들이 잘 버무려져서 평균의 키를 가지게 되었겠지만, 그래도 내심 용배 덕분인 것 같아 고마울 따름이다.

볼링공

벌써 10년 전의 일이다. 스트레스 때문이었던 걸까. 하루가 멀다고 찾아오는 두통 때문에 힘겨운 나날을 보내고 있었다. 가뜩이나 고달픈 청춘에게 예고 없이 찾아온 두통은 더더욱 나를 피폐하게 만들었다. 웬만해서는 병원을 가지 않는 타입이라 '이러다 말겠지. 조금만 지나면 괜찮아질 거야' 하는 생각으로 버티고 있었다. 시간이 얼마나 흘렀을까. 좀처럼 상태가 호전될 기미가 보이질 않아 하는 수 없이 병원을 찾기로 했다(병원을 잘 가지 않는 인간에게 이런 결심은 대단한 것입니다).

당시 주변 사람들에게 두통을 호소했었는데 "그 한의원 잘한다 카드라"라는 누군가의 말이 가슴에 내리 꽂혔다. '넌 한의원을 가야 할 운명이다'라는 계시가 내려진 기분이랄까. 흡사 오리가 알에서 나와 처음 본 것을 엄마로 인지하는 현상처럼 '한의원'이라는 말을 듣는 순간 내 마음속에 각인되어버렸다. 그 각인이 씨앗이 되어서 한의원에 다녀오면 이 지긋지긋한 두통이 완전히 소멸할 것이라는 믿음이 생기기 시작했다.

토속 신앙에 종속된 사람처럼 그저 맹목적인 믿음을 가슴에 품고서 한의사 선생님과 마주했던 10년 전 그날, 선생님께 들었던 말을 잊을 수가 없다. "김대일 씨 같은 체질의 사람들은 절대 유산소 운동을 하면 안 됩니다. 까딱하다가는 죽을 수도 있어요. 유산소 운동 같은 거 하지 말고 땀 안 나는 운동하세요. 그리고 운동 열심히 하세요. 아차차! 머리 아픈 거는 한약 한 재만 먹으면 괜찮아질 겁니다."

애초에 유산소 운동을 즐겼던 것은 아니어서 상관없었지만, 땀이 안 나는 운동이란 도대체 뭘까. 스트레칭만 열심히 해도 땀이 나는데 땀이 안 나는 운동이라니. 이런 운동이 존재하긴 할까. 설사 존재한다고 해도 그게 운동이 되기는 하는 걸까? 이런 생각을 그때 곧장 하고 선 선생님께 되물어봤어야 했었다. 그랬어야 했는데, 당시 내 믿음이 너무나도 견고했던 탓에 그 생각의 근처에도 도달하지 못했고 그날부터 땀이 나지 않는 운동을 찾기 시작했다.

며칠을 고민하던 중 우연히 들린 어느 마트에서 볼링 장비가 진열된 코너를 보게 되었다. "그래, 이거다." 달덩이처럼 동그란 볼링공을 보니 이 운동이라면 땀이 한 방울도 나지 않을 것 같다는 생각이 뇌리에 꽂혔다(뭐가 이리 잘도 꽂히는지 모르겠다. 참 피곤한 스타일이다). 죽기 싫었던 건지 아니면 단순히 땀을 흘리지 않는 운동에 대한 관심 때문이었는지 모르겠지만, 쪼들리는 형편에도 불구하고 망설임 없이 볼링공을 비롯한 몇몇 장비를 구매했다. 이후로 동그란 볼링공과 함께 몇 년간 제법 열심히 볼링장을 들락날락했다.

동그란 볼링공과 고군분투하는 사이 두통은 언제 있었냐는 듯 자취를 감춰버렸고, 유산소 운동에 대한 두려움도, 땀이 나지 않는 운동에 대한 강박도 덩달아 사라져버렸다. 나를 억누르던 고통이 사라지고 나니 자연스럽게 볼링장에 가는 횟수가 줄어들고 어느새 집안 어디에도 볼링 장비가 보이지 않게 되었다. 사실 두통과 한의원, 그리고 볼링(유산소 운동)은 서로 별개의 문제임에도 이상하게 엉켜버린 연결고리로 인해 적어도 나에게는 세트 메뉴처럼 인식되었다. 요즘도 가끔 한의원의 간판을 보면 두통이라든지, 유산소 운동이라든지, 그것도 아니면 언제부터 보이지 않던 동그란 볼링공이 생각난다.

10년 전 '유산소 운동의 사형 선고'를 받았던 그날로부터 약 6년 후, 그러니까 4년 전 아내와 함께 다른 한의원을 찾았다. 이번에는 친구의 권유로 체질 검사를 해볼 참이었다. 새로이 방문한 이곳 한의원 선생님 또한 10년 전 그날처럼 다소곳하게 모은 검지와 중지의 끝을 살포시 내 손목에 가져다 대고 세상 진지하게 맥을 짚었다. 미간을 찌푸리고 한참을 맥을 짚고서 나에게 하는 말. "김대일 씨는 유산소 운동을 하시는 게 체질에 딱 맞습니다!"

아나, 나보고 어쩌라는 건지.

싫어하는 동그라미들

(1) 순대

나는 순대가 너무 싫다. 동그랗고 길쭉한 것이 찜통에서 똬리를 틀고 있는 모습은 마치 뱀처럼 보이기도 하고 똥처럼 보이기도 한다. 지금은 그래도 아주 가끔, 몇 년에 한 번씩 먹기는 하지만 어렸을 땐 입속으로 집어넣는 것조차 상상하기 싫을 만큼 끔찍하고 징그러웠다. 순대를 처음 먹었던 그날도 쌈장에 푹 찍어서 먹었다. 순대 맛이라기보다는 쌈장 맛으로 먹었던 기억이 난다.

(2) 공

야구공, 농구공, 축구공, 배구공, 테니스공 여러 가지 공이 있지만, 그중에서도 배구공, 축구공이 제일 싫다. 솔직히 말해 싫은 것을 넘어 공포를 느낀다. 차라리 농구공은 괜찮은데 배구공이나 축구공 크기의 공이 나를 향해 날아오면 공에 맞아서 안경이 와장창 깨졌던 그날의 기억이 떠오른다. 당시의 안경알은 지금과는 다르게 유리로 되어 있어서 꽤 위험한 순간이기도 했다. 지금은 이런 공들과 마주한 지 오래되어 어떨지 모르겠지만 여전히 공은 무섭고 싫다. 혹시나 해서 하는 이야기인데 제발 저에게 "족구 하자"는 말은 말아주세요.

(3) 10원짜리 동전

현금보다 신용카드를 더 많이 쓰는 시대임에도 불구하고 바지 주머니며 지갑이며 책상 서랍이며 가방의 작은 주머니 같은 곳에서 어찌하여 10원짜리는 끊임없이 나오는 걸까. 요즘의 10원짜리는 비주얼조차 장난감 같은 기분이 들어서 화폐로 느껴지지 않을뿐더러 자판기에도 들어가질 않으니 이걸 도대체 어디에 써야 할지 모르겠다. 집 안 곳곳에서 뒹굴고 있는 10원짜리들을 내 조만간 처단하리라.

(4) 각종 전기선

요즘의 데스크톱들은 지저분한 선들이 많이 사라져서 제법 깔끔해졌지만 여전한 것이 있으니, 바로 통신장비들의 선이다. 모뎀과 공유기만 봐도 전원선부터 통신선, 모뎀과 공유기를 연결하는 선까지, 기계는 겨우 두 가지인데 선이 벌써 네 개다. 여기에다 IPTV에 있는 장비들의 선까지 더해지고 그것들이 정리되지 않은 채 얽히고설킨 모습을 보고 있으면 고구마를 한 바구니 먹은 것처럼 답답함이 몰아친다. 아 괜히 생각했다. 답답하다.

(5) 정로환

토끼 똥이 연상되는 정로환의 향이 너무 싫다. 효능은 제법 좋은 것 같지만 입으로 털어 넣을 때면 어쩐지 나 자신이 초라해지는 기분이 든다.

(6) 훌라후프

훌라후프는 중학교 2학년이 되
던 그해 가을까지만 하고 다시는
하지 않았다. 한번 시작하면 영원
히 돌릴 수 있을 만큼 상당한 실력
의 소유자였지만 훌라후프를 돌리
는 나의 포즈가 문제가 되었다. 아
마도 남들이 보기에 '19금'스러운
모양새였던 것 같다. 한 살 많은 정
현이 형이 그런 내 모습을 보고는
장난기가 발동했는지 키득거리며
큰 소리로 말했다. "대일이 좀 봐

라. 폼이 너무 야한 거 아이가~" 그 한마디에 모두의 시
선이 나에게로 향했고, 내 얼굴은 새빨갛게 달아올랐
다. 부끄러웠다. 그때부터 훌라후프를 돌리는 게 두려워
졌고 덩달아 훌라후프가 싫어졌다.

(7) 은행

우리나라의 가로수는 왜 하필 은행나무가 되었을까.
늦가을이면 어김없이 온 도시에 똥냄새가 진동을 한다.
그때쯤이면 대한민국의 주요 도시들은 아마 온통 똥냄
새로 가득할 것이다. 아 생각만 해도 머리가 지끈거린다.

내일의 동그라미들

동전 I

우리는 하루에도 수십 번씩 다양한 형태의 선택을 하며 살아간다. 잠자리에서 나와 다시 그곳으로 들어갈 때까지 선택의 연속으로 하루를 만들어간다. 자의에 의한 선택의 순간도 있을 테지만, 타의에 의한 것 또한 얼마나 많은지 모르겠다. 선택을 하면서 살아간다는 것이 딱히 슬프거나 불행하진 않지만, 가끔 타의에 의해 만들어진 선택의 순간에 사력을 다해 고심하고 있는 나를 발견할 때가 종종 있다. 자기 연민이 느껴지는 순간이다.

그럴만도 한 게 정작 나를 위한 선택의 순간에는 늘 최선을 다하지 못하는 느낌이랄까. 이를테면, 소중한 나의 점심 메뉴를 선택할 때는 '아… 귀찮아. 아무거나 먹자. 저녁에 맛있는 거 먹으면 되지' 하고 얼렁뚱땅 해치

운다. 나의 점심은 대충 대충 아무거나 골라 먹는 모습이 서글퍼 괜히 울적한 기분이 들다가도, 막상 갖가지 음식 이름으로 빼곡한 메뉴판을 마주하면 '아… 배고프다. 뭐 먹지'만 반복하게 된다. 배고픔 앞에서 울적함 따위는 까맣게 잊어버리고, 오로지 선택의 고충만 남는다. 그럴 때면 선택을 대신해주는 누군가 또는 무언가가 있었으면 좋겠다. 마치 예능 프로그램 〈전지적 참견 시점〉에서 방송인 이영자가 끼니마다 매니저의 식사를 정해주는 것처럼 말이다.

우리는 정답이 없는 무언가를 선택해야 하는 수많은 순간 속에서 (그것이 가벼운 문제라는 전제 하에) 누군가 또는 무언가에 의지하고 살아가고 있다. 사다리 타기, 빙고, 동전 던지기 같은 것들을 누구나 한 번씩 해봤으리라. 아내와 나도 '결정 장애' 수치가 올라가면 늘 이런 것에 의지하는데, 우리는 그중에서도 동전을 주로 사용한다.

떡볶이도 먹고 싶고 냉면도 먹고 싶은 그런 긴박한 순간은 언제나 우리 곁에 도사리고 있다. 동전은 바로 이럴 때 빛을 발한다. 장군님이 나오면 '떡볶이', 숫자가 나오면 '냉면'을 먹기로 하고선 절대로 번복하지 않겠다는 굳은 결의를 품고 동전을 세차게 튕긴다. 공중에서 하염없이 돌아가는 동전을 보고 있을 땐 겸허히 운명을 받아들일 수 있을 것 같지만, 막상 손안에 떨어진 동전을 보면 머쓱하게 웃으며 머리를 긁적거린다. 혹여나 장군님이 나오면 괜스레 냉면이 더 먹고 싶어져 "내가 한 번 했으니까 이제 네가 한번 튕겨봐. 이번에 나온 걸로 꼭 먹자. 번복하기 없기!"라고 말하며 아내에게 동전을 건넨다. 아내도 못 이기는 척 동전을 다시 돌리지만, 막상 숫자가 나오면 또 언제 그랬냐는 듯 떡볶이가 먹고 싶어진다.

"이제 한 번씩 했으니까 진짜 마지막으로 한 번만 더 하자" "가위바위보 해서 이긴 사람이 나왔던 걸로 결정하자" "100원짜리 말고 500원짜리가 더 좋은 거 같다" "진짜 진짜 마지막으로 한 번만 더 하고, 이번에 나오는 거 안 먹으면 오늘 저녁은 그냥 굶자" 같은 온갖 이유를 만들어 몇 번이고 동전을 돌리지만 정작 우리가 먹는 것은 거론조차 되지 않았던 전혀 다른 음식일 때가 많다.

지독한 '결정 장애' 때문에 이 동그라미에 의지하지만, 결국 우리는 그 동그라미를 배신한다.

마음속으로는 이영자 같은 귀인이 나타나서 매일매일 결정해주길 바라지만 그렇다고 한들 그대로 따를지는 의문이다. 결국에는 하고 싶은 대로 하겠지. 어쩌면 '결정 장애'가 아니라 '결심 장애'인지도.

동전 II

얼마 전 물건 정리를 하다가 500엔, 100엔, 2유로, 1유로 동전이 한가득 들어 있는 상자를 발견했는데 우리나라 돈으로 환산하니 10만 원 정도였다. 어쩌다가 동전들이 이만큼 쌓였는지 도통 모르겠지만, 동그란 동전을 보고 있으니 여행지에서 있었던 소소한 기억들이 떠올랐다.

나는 동전 때문에 지갑이 불룩해지는 것을 무척이나 싫어한다. 그래서 동전이 생기면 바로 써서 없애버리려고 한다. 무엇보다 우리나라에서는 카드를 자주 쓰는 터라 지폐를 만져본 지도 꽤 오래전이고 동전은 언제 만져봤는지조차 기억이 가물가물하다. 이런 감각으로 몇 년을 살아왔다.

그런데 일본에서는 그럴 수 없었다. 500엔짜리 동전 두 개면 간단하게 한 끼를 해결할 수 있었고, 돌아서면 동전이 생기고 돌아서면 또 생겨났다. 게다가 우리나라와는 화폐 단위가 서로 다르다보니, 500엔 두 개가 대충 한화로 만 원 정도의 돈이라는 사실이 썩 와 닿지 않는 달까. 그래서 꽤 큰 금액인데도 불구하고 쉽게 써버리는 경향이 있다. 이를 테면 식당에서 식사를 마치고 주머니에 돌아다니는 성가신 동전들로 계산을 하면 마치 공짜로 밥을 먹은 것 같은 기분이 든다. 지갑이 불룩한 게 싫다는 이유로 덮어놓고 동전을 쓰다가 항상 생각보다 더 큰 사치를 부리게 되었다. 분명 우리나라도 덮어놓고 500원짜리를 마구 썼다가 거지꼴을 면하지 못했던 시절이 분명 있었다. 뭐 그래 봤자 동전이겠지만, 어쨌든 그랬다.

초등학교 4, 5학년 언저리에 하루 용돈은 100원이었다. 그때 100원으로 누릴 수 있었던 것은 자갈치 과자 한 봉지, 간돌이 아이스크림 두 개, 떡볶이 두 알, 전자오락실에서 게임 한 판 정도였다. 500원짜리 동전 몇 개로 한 끼 든든하게 먹을 수 있는 것은 물론 동전으로 할 수 있는 게 많았던 시절이었다.

지금과는 사뭇 다르다. 요즘은 500원짜리 동전으로 한 끼 식사를 하려면 한 손 가득 500원을 쥐고 있어야 한다. 우리가 바쁘게 살아가는 틈에 500원뿐만 아니라 동전은 어느덧 하찮은 단위로 전락하고 말았고 이젠 그 값어치가 익숙해졌다. 이러다 결국 500원짜리 지폐가 사라졌듯이 동그란 동전 또한 역사의 뒤안길로 사라지겠지. 그래도 한때는 다른 동전에 비해서 물리적인 크기로 보나 화폐의 단위로 보나 제법 큰 위상을 떨쳤던 500원이었는데 말이다.

내가 너무 500원짜리를 무시하듯 말해서 그렇지, 사실 아직도 오랜만에 입은 점퍼 주머니에서 500원짜리 동전이라도 발견하면 "오~ 500원이다"가 절로 나온다. 그런 걸 보면 500원의 위상은 아직 건재한 것 같다. 그건 아마 500원의 저력을 경험했기 때문, 내지는 그 저력의 기억이 아직 나에게 배어 있기 때문일 것이다. 이 마음이 오래도록 빠지지 않아서 훗날에도 주머니에서든, 책상 서랍 안에서든 500원을 우연히 만나게 될 때 "오~ 500원~" 할 수 있으면 좋겠다.

공

　어렸을 적에는 동네에서 공을 가지고 노는 아이들이 골목을 가득 메우곤 했다. 배구공 하나만 있으면 온 동네 아이들이 신나게 놀 수 있었다. 배구공으로 할 수 있는 다양한 놀이가 있었지만, 그중에서도 피구가 독보적으로 인기 있는 놀이였다. 많은 아이들이 동시에 즐길 수 있다는 게 가장 큰 매력 포인트였다. 피구를 하던 도중에 새로운 친구가 와도 자연스럽게 게임에 합류할 수 있다는 장점도 있어서 동네 친구들끼리 함께 놀기에 이만한 놀이가 없었다.

　함께 피구를 했던 친구들에게 그 시절은 어떤 모습으로 남아 있을까. 저마다 다르겠지만, 대부분은 아마도 아름다운 옛 추억으로 남아 있겠지. 부디 너희들이라도 그랬으면 좋겠다. 애석하게도 나에게 그 시절의 피구를 포함한 대부분의 공놀이는 괴로움 그 자체였다. 앞에서도 누누이 말했지만, 나는 공이 무서웠다. 얼굴만 한 공이 나를 향해 날아올 때면 마치 끈적한 침을 뚝뚝 흘리며 으르렁거리는 사나운 도사견이 달려와 내 목덜미를 물어버릴 것 같은 수준의 공포감이 들었다.

공놀이가 시작되면 핑곗거리를 찾기 바빴고 그마저도 잘 안 되는 날에는 최대한 빨리 아웃 되려 애썼다. 불행 중 다행이도 그다지 눈에 띄는 아이가 아니어서 아무도 모르게, 그리고 빠르게 빠져나올 수 있었다. 골목에서 아이들끼리 놀기로 약속을 하는 것도 아닌지라 내 입장에선 운이 없을 때면 몇 날 며칠을 진땀 흘리며 공을 피해 다녀야 했다. 체육 시간에 피구라도 하는 날이면 온종일 공에 시달리며 끙끙거렸었다. 초등학교를 졸업하기 전까지는 (나 혼자만의) 공과의 전쟁을 치르느라 피곤하고 바쁜 나날의 연속이었다.

전쟁의 피로가 누적될수록 어서 중학생이 되길 바랐

다. 그때의 나는 중학교에 가게 되면 공부하느라 골목에서 놀 시간이 없으니 공의 공포에서 벗어날 수 있을 거라 생각했었고, 예상대로 하교 후엔 골목에서 노는 친구들이 점점 줄어들었다. 하지만 친구들의 힘과 에너지는 더 강력해져서 공이 주는 무서움의 농도가 한층 더 짙어졌다. 고등학교에 가서도 사정은 마찬가지였다. 아니, 더욱 심각해졌다. 내가 다녔던 고등학교의 운동장은 기껏해야 한 바퀴에 100미터 정도밖에 되지 않았다. 가뜩이나 좁은 운동장을 옆 중학교와 함께 사용하느라 아주 심각할 땐 중학교 네다섯 반과 고등학교 서너 반이 모였었다. 그땐 한 학급에 보통 50명 정도였으니 약 450명이 그 작은 운동장에서 저마다의 공놀이를 하는 광경이란… 가히 충격과 공포였다. 상투적인 표현이지만 이것 말고는 딱히 떠오르지도 않는다.

피구를 하는 아이들, 농구를 하는 아이들, 축구를 하는 아이들, 족구를 하는 아이들이 흙먼지 일으키며 뒤엉켜 노는 모습을 감당하기가 벅찼다. 체육 시간 내내 움찔거리며 다녔고, 공 그림자만 보아도 화들짝 놀라며 깜짝

낀 손으로 뒤통수를 가리곤 했었다. 트라우마가 정점을 향했던 고등학교 시절에는 대학생이 되면 이 공포도 진짜 끝일 거라 생각했었는데, 이런 과정은 생각보다 오래 반복되었다. 대학교와 군대, 그리고 직장 생활은 뭐랄까. 공놀이를 자주 하진 않지만 놀이나 스포츠의 느낌이라기보다는 싸움 같다고 해야 하나. 적어도 나에게는 그런 느낌이었다. 횟수는 점점 줄어들었지만 가늘고 길게 오래도록 함께했었다.

지금은 골목에서 공을 가지고 노는 아이들도 없고, 공놀이를 강요하는 선배나 직장 상사도 없고, 공을 만져본 기억도 까마득해서 내가 공 트라우마가 있긴 했던 걸까 싶다. 지금의 나는 과연 날아오는 공을 보면 그때만큼 공포를 느낄까. 지금으로서는 전혀 무서울 것 같지 않은데, 이런 기분이 드는 걸 보면 아마 내가 느꼈던 공포의 무게는 실상과 다르게 아주 가벼웠던 게 아닐까 싶다. 내가 느끼는 다른 형태의 트라우마들도 시간이 흘러 언젠가는 공처럼 가벼운 에피소드나 추억으로 남으면 좋겠다. 그런 확신을 가질 수 있다면 마음이 조금은 더 홀

가분해지지 않을까. 말 나온 김에 주말에 아내와 함께
공놀이나 한번 해봐야겠다. 조금 두근거리기 시작했다.

생활 계획표

　하루 24시간을 동그라미 속에 집어넣은 생활 계획표를 기억하는가. 당시로서는 선생님의 불호령이 무서운 나머지 어쩔 수 없이 생활 계획표를 그렸지만, 그때나 지금이나 그걸 왜 하는지 도무지 이해할 수 없다. 거기에다가 왜 그걸 '검사'했는지 원. 검사의 목적은 분명히 계획표 작성을 잘했는지, 못했는지를 판단하기 위한 것이리라. 생활 계획을 잘한 것과 못한 것의 차이는 과연 무엇이었을까. 당시의 검사자들이 내세운 기준은 너무나도 뻔했을 것 같다. 이를테면 일과의 많은 부분을 차지하는 것이 무엇이냐에 따라 좋고 나쁨이 판가름 났을 텐데, 그건 아마도 '공부'였겠지.

　그걸 너무나도 잘 알았던 그 시절의 우리는 '거짓 계

획'을 세우기 일쑤였으리라. 물론 개중에는 착실하게 계획표를 세우고 그대로 실천에 옮긴 이들도 있었겠지만, 적어도 나는 그러지 않았다. 아니 그러지 못했다. 사실 그때 세웠던 계획들은 어린 마음에 어른들에게 예쁨받을 요량으로 꾸며낸 것들이었으며, 분명 어린이의 정신력으로는 감당하기 힘든 혹독한 일과였다.

공부를 끝내자마자 한숨 돌릴 시간도 없이 곧바로 독서를 시작해야 하고, 어린이들이 즐겨 보는 TV 프로그램이 모두 끝날 시간이 되어서야 겨우 TV 시청을 할 수 있으며, 친구들과 놀 수도 없는 야심한 밤이 되어서야 자유 시간이 주어진 그런 계획표니 말이다. 도무지 이룰 수 없는 그 계획들을 꼭 실천하겠다며 수없이 다짐했지만, 계획을 이뤄낸 기억은 전혀 남아 있지 않다. 오히려 계획을 제대로 실천하지 못하는 나약함과 더불어 목표를 달성하지 못했다는 죄책감만 기억에 가득하다.

계획은 누군가에게 보여주기 위한 것이 아니라 자신을 위한 것이어야 한다. 20년도 훌쩍 지나서야 이 사실을 깨달았다. 그 시절의 나에게 누군가가 이런 이야기를 해줬더라면 좋았을 텐데, 그랬더라면 계획대로 살지 않은 것에 대한 죄책감을 느끼지 않았을 텐데, 그랬더라면 적어도 지금보다는 나에 대한 믿음이 더 컸을 텐데…. 거시적인 관점으로 본다면 그 믿음의 크기가 내 삶을 지금과는 전혀 다른 형태로 만들었을지도 모를 일이다. 그러지 않아서 다행일지도 모르겠지만, 뭐 그랬다는 말입니다.

지금도 어딘가에서 동그라미를 그리며 생활 계획을 짜고 있을 어린이들이여, 그대들은 부디 눈치 보며 계획표를 만들지 않기를….

지구본

예전에는 학습 도구 또는 인테리어 소품으로 집마다 하나씩 있었던 동그란 지구본을 못 본 지 꽤 된 것 같다. 기가 막힌 구글 지도 덕분에 지구본이 학습 도구로만 쓰이기에는 비효율적인 물건으로 전락해버린 걸까. 서서히 자취를 감춰 어느덧 쉬이 볼 수 없게 되었다.

어린 시절의 난 지구본을 볼 때면 미지의 세상을 향한 궁금증과 설렘, 그리고 신비함에 매료되어 한참을 들여다보곤 했었다. 내가 사는 대한민국의 부산이라는 도시는 이렇게 넓고 넓은데 지구본으로 바라본 부산은 겨우 지우개 똥만 한 크기밖에 되지 않아 매번 놀랐었다. 이렇게 작은 부산보다 한없이 작은 비행기를 타면 바다 건너 저 멀리 환상의 나라 미국도 갈 수 있다니. (미군, 미제, 링컨, 케네디 등등 외국 하면 그냥 미국밖에 떠올릴 수 없었던 시절이었다. 적어도 나에게는 그랬다.)

더군다나 비행기는 도대체 어떻게 만든 걸까. 어째서 저 무거운 쇳덩어리가 하늘을 날 수 있는 걸까. 이런 형태로 신기함이 꼬리에 꼬리를 물고 끝없이 이어지곤 했었다. 이런 신기함은 학교에서 가르쳐주는 지식으로 이해는 했었지만, 이젠 신비감까지 느껴진다. 둥근 지구와 바다, 그리고 하늘을 바라볼 때면 가끔이긴 하지만 지금도 지구본을 바라보던 그때처럼 오묘한 감정에 사로잡히곤 한다.

지구와 바다에 관한 정보가 전무했던 시절, 인간은 바다를 보면서 무슨 생각을 했을까. 속이 보이지 않는 검은 바다를 보면서 느꼈던 감정은 어떤 것이었을까. 내가 사는 부산의 바다만 해도 광안리나 해운대 같은 해수욕장은 아름답게만 느껴지는데, 태종대나 영도에서 바라보는 망망대해는 가만히 바라보고 있으면 두려움과 겸허함이 동시에 찾아온다. 바다와 그 너머의 세상에 대한

정보가 있음에도 불구하고 그런 감정이 느껴지는데, 옛
날 사람들은 무슨 생각을 했을까. 그들의 용기는 얼마나
대단했길래, 속을 들여다볼 수조차 없는 검은 바다를 보
면서 어떻게 그 너머로 가겠다고 생각했을까. 뭐 이런 생
각에 잠기곤 한다.

과거의 용감했던 사람들의 노력이 모이고 모여서 둥글
고 아름다운 지구에 대해 쉽게 알 수 있는 시대를 살아
가고 있다. 새삼 감사하다. 그들이 물려준 것을 우리가
아끼고 잘 사용해서 다음 세대에 물려줘야 한다는 것을
어렸을 적 학교에서 배웠지만, 내가 왜 그래야만 하는지
그땐 이유를 온전히 이해하지 못했다. 하지만 삶을 살아
갈수록, 많은 것들을 바라볼수록 내가 할 수 있는 노력
이 무엇인지 찾고 행해야 한다는 생각이 든다. 그것이
나중에, 나중에 어떤 누군가가 바라볼 동그란 지구본이
내가 본 것과 똑같은 것이 되려면 말이다.

고무망치

10년 전쯤 우연한 계기로 가죽 공예에 관심을 가지게 되었다. 멋있고 정성스러워 보였다. 진득함까지 느껴졌다. 당시의 나는 엉덩이가 너무 가벼운 사람이어서 진득함이 있는 것을 동경했었고, 나도 저걸 하게 되면 조금은 엉덩이가 무거워질 수 있을 거라는 생각이 들었다. 지금은 공예 수업을 여는 개인 공방도 늘어났고 마음만 먹으면 쉽게 강좌를 들을 수 있지만, 그때만 해도 부산에서 제대로 된 수업을 듣는 것은 거의 불가능했었다. 열정과 지갑이 두둑했던 어떤 이들은 기차를 타고 서울로 올라가서 수업을 듣고 오곤 했지만, 난 그럴 형편이 되지 못해서 독학을 결심했다.

인터넷의 발달에 감사함을 느끼고 그 혜택을 받고 있

다는 기분을 그때 처음으로 느꼈다. 초보자에게 안성맞춤인 사진으로 가득한 해외 서적을 찾아 구매하고, 기초 기술들은 유튜브를 통해 습득하면 초급자 과정은 얼추 혼자 할 수 있을 것 같았다. 이제 필요한 도구를 구매하고 하나씩 차근차근 실천에 옮기는 일만 남았는데, 여기서 생각하지 못한 난관에 봉착했다.

그것은 도구를 구매하는 일이었는데, 세상의 모든 장비나 연장이 그러하듯 가격차가 어마어마했다. 그 종류는 또 어찌나 많은지, 경험이 없는 내가 스스로 생각해서 필요한 도구를 구매하는 것은 혼란스럽고 골치 아픈 일이었다. 다른 사람들의 선택이나 의견이 궁금해서 인터넷 동호회에 가입했다. 그곳에서 답을 찾을 수 있을 거라 생각했는데, 웬걸 머릿속은 더 복잡해졌다.

저마다 도구에 관한 생각이 달랐다. 결론은 두 가지 정도로 내려졌다. 첫 번째는 '자신에게 맞는 도구가 있으니 그에 맞는 걸 사용한다'. 뭘 알아야 맞는지 안 맞는지를 알지. 천지 분간도 못하는 나에겐 의미 없는 말이므로 패스. 두 번째는 '진정한 장인은 연장 탓을 하지 않는다'. 지금 생각해보면 조금 멋쩍은 말인데, 당시에는 아주 강하게 와 닿았다. 이제 막 하겠다고 마음먹은 주제에 이 글을 읽고 나니 마치 내가 장인이라도 된 것 같은, 내지는 얼마 지나지 않아 장인이 될 수 있을 것 같은 기분이 들었다. 손 기술만 좋으면 연장의 퀄리티 따위는 중요하지 않다는 게 영 틀린 말은 아닌데, 아직 시작도 하지 않는 주제에 손 기술은 무슨. 지금 생각하니 우습다.

하여튼 나는 두 번째 결론을 따르기로 했고, 또 그렇게 되겠다는 희망도 품고 형편에 맞춰 저렴한 도구들을 구매했다. 우여곡절 끝에 최소한의 도구들과 함께 첫걸음을 시작했다. 이후로 5년 정도는 정말 열심히 했다. 생업인지 취미인지 구분이 되지 않을 정도로 열심히 했다. 시간을 쪼개 틈만 나면 만들고 또 만들었다.

그렇게 열심히 했더니 저렴한 도구들은 몇 달 버티지 못하고 하나둘씩 망가지기 시작했다. 실력도 요령도 없었던지라 도구들은 제 수명을 다하지 못하고 자연스럽게 교체되기 시작했다(이건 도구가 비싸고 좋은 것이었을지라도 마찬가지였을 수 있다). 결국 처음에 구매한 도구 중 다이소의 1,000원짜리 고무망치를 제외하곤 모조리 버리게 되었다. 겨우 1,000원밖에 안 하는 고무망치를 어림잡아 7~8년 정도는 사용한 것 같다. 그것도 수명이 다해서 버린 것이 아니라 이사하던 도중 잃어버렸다.

도구를 교체하던 시기에 다이소 고무망치를 무려 서른 개는 거뜬히 살 수 있는 값의 망치 하나를 구매했었다(사실 그래 봤자 3만 원). 볼품없었던 싸구려 망치보다 훨씬 때깔 좋은 망치가 갖고 싶기도 했고 성능도 훨씬 좋지 않겠는가. 새 망치가 생기고 난 뒤 얼마 지나지 않아 싸구려 고무망치는 버려질 줄 알았고, 그러려고 했었다. 그런데 정작 늘 내가 찾는 망치, 내 손이 찾는 망치는 싸구려 고무망치였다. 새로 산 망치가 아니었다. 의식적으로 새 망치를 사용하려고 노력해봐도 좀처럼 손이 가질 않았다. 아마도 싸구려 고무망치의 그립감과 내 손의 궁합이 훨씬 좋았나보다. 결국 새 망치는 공구 상자에 처박히는 신세가 되고 말았다.

그러고보니 신발도 마찬가지다. 내가 사고 싶어서 산 새 신발인데, 막상 외출하려고 신발장 앞에 서면 한참을 고민하다가 아직은 발에 잘 맞는 예전 신발을 신고 나가는 경우가 많다(나만 그런가).

아무리 좋은 것이라도 나와의 궁합이 얼마나 잘 맞는지가 중요하다는 걸 잘 알면서 여전히 난 그저 좋기만 한 것, 좋아 보이는 것에 마음이 흔들린다. 갖지 못한 것에 대한 스스로가 만든 환상에 미혹되고 만다. 결국엔 나와 잘 맞았던 동그란 고무망치 같은 존재들만 남게 될 텐데.

담배

한때 애연가였다. 지금은 아니라고 하기엔 석연찮은 구석이 있지만 일단 현재는 건강을 위해 나름대로 참는 중이다. 아내가 이 말을 듣는다면 콧방귀를 뀌겠지만 나로서는 그렇다.

담배라는 게 참, 사람을 구질구질하게 만드는 것 같다. 내일부터 금연하겠다는 둥, 돈 주고 산 게 아까우니 이것까지만 피고 안 피우겠다는 둥, 어떻게든 한 개비라도 더 태우려는 변명은 어찌나 많고 또 창의적인지. 금연해야 하는 이유는 고작 한두 가지뿐인데 담배를 피워야 하는 이유는 차고 넘친다.

미세먼지가 가득한 날, 마스크가 없으면 절대 외출 따

위 하지 않을 사람처럼 행동하면서 담배를 피울 때면 마스크는 왜 1초의 망설임도 없이 벗는 걸까. 그럴 거면 애초부터 쿨하게 굴지. 이런 이야길 하면, 담배를 피우니까 미세먼지는 조금이라도 덜 마시려고 그런다고 한다. 꼴에 건강은 챙기고 싶은 거지. 건강 챙기고 싶으면 금연하면 될 것을. 그러면 또 담배를 참는 스트레스가 건강을 해친다고 따박따박 이야기한다. 여기에 스트레스는 담배를 피우지 않으면 도무지 풀리지 않는다고 굳이 덧붙인다. 아, 스트레스만 없으면 담배 따위 안 피울 텐데…. 항상 결과는 이런 식이다.

담배는 나를 합리화의 신으로 만든다. 담배 한 개비를 피우기 위해서라면 어떤 공격에도 변명을 할 수 있다. 그 변명이 말이 되든 말이 되지 않든 논리적이든 비논리적이든 상관없다. 한 개비만 피울 수 있다면 구질구질한 것 따위가 대수냐. 이런 마음을 가진 주제에 한 개비 피우고 나면 입 싸악 닦고 "이제 금연할 거야 진짜로!"라고 자신 있게 말한다. 물론 그리 오래가지 않지만. 어쩜 이토록 구질구질할 수 있을까. 이럴 거면 애초에 금연한다는 말을 안 하면 될 텐데.

    오늘도 결국 스무 개의 동그라미가 가지런히 나를 반기는 네모난 상자를 뜯어본다. 이것만 다 피우고 금연해야지.

플라스틱 확성기

거실 한편에 2미터 정도 되는 책장이 있는데, 손도 시선도 잘 닿지 않는 가장 윗부분에 흰색 나일론 끈이 달린 싸구려 오렌지색 플라스틱 확성기가 있다. 부피가 커서 서랍장이나 상자에 넣을 수도 없고, 진열장에 들어갈 만한 미모를 가지고 있는 것도 아닌 애매하기 짝이 없는 물건이다.

그런데도 쉬이 버리지 못하는 이유는 확성기에 녹아들어 있는 추억 때문이다. 마치 자이언티의 노래 〈꺼내 먹어요〉처럼 한숨이 절로 나올 때 조금만 시선을 올리면 보이니까, 그러면 확성기가 품고 있는 추억을 바로 꺼내 먹을 수 있지 않을까 해서 책장 꼭대기에 올려놓았다.

작년 가을, 아내와 나는 보름간 오키나와 여행을 떠났었다. 여름 휴가도 제대로 보내지 못했고 일에 치여 몸과 정신 상태가 말이 아니었던지라 조용한 숙소를 찾았는데, 둘이 지내기에는 조금 넓은 숙소가 대부분이었다. 둘이 쓰기엔 조금 아깝다는 생각이 들기도 했고, 여행 도중에 누군가 숙소로 놀러 오는 것도 색다른 경험과 추억이 될 것 같아서 친구에게 시간이 되면 일정 맞춰서 놀러 오는 게 어떻겠냐고 물었다. 친구는 흔쾌히 수락했고 얼떨결에 우린 보름 중 4박 5일을 함께 보내게 되었다.

이왕 이렇게 된 거 재밌게 해보자며 친구가 도착하기 하루 전날, 사탕 목걸이와 웰컴 카드를 만들고 투어 이름(도레미 투어)도 정하고 4박 5일 일정의 여행 프로그램까지 짰다. 그때 가이드의 흉내를 내면 재밌지 않을까 하는 생각이 갑자기 들어 부랴부랴 구매했던 것이 바로 오렌지색 확성기였다. 덕분에 기분 좋은 바람을 맞으며 함께 드라이브도 하고, 맛있는 음식을 만들어 나눠 먹고, 밤늦도록 도란도란 이야기를 나누며 시간을 보냈었다.

그때의 기억이 너무 좋아서, 확성기를 바라보면 그 감정을 다시 느낄 수 있을 거라고 생각했다. 한동안은 정말 그랬다. 하지만 간사하게도 바라보는 횟수가 잦아질수록 추억은 점점 희미해졌고, 어느새 플라스틱 확성기라는 사물 자체만 남아 책장 위에 덩그러니 놓여 있다. 진통제를 너무 많이 복용한 나머지 내성이 생긴 것처럼 무감각해졌다.

대부분의 물건들이 이러한 수순을 밟아 내 주위에 남아 있는 게 아닐까. 지금은 기억도 나지 않을 추억을 품고 내 주변 어딘가에서 외롭게 자신의 역할을 하고 있다고 생각하니 정말 미안한 마음이다. 하지만 모든 사물이 저마다의 추억을 품고 있고, 볼 때마다 추억이 떠오른다면 그것도 참 피곤한 일이겠지. 어쩌면 나 편하게 살자고 소중한 추억을 스스로 망각시켜버렸을지도 모른다. 내 곁에 있는 소중한 사람에게는 이러지 말아야 할 텐데.

지금 글을 쓰는 도중 확성기를 힐끔 쳐다보았더니, 즐거웠던 한때의 기억 때문에 쓰레기통에 버려도 그뿐인

것을 바다 건너 여기까지 꾸역꾸역 들고 왔었던 그때가
다시 생각났다.

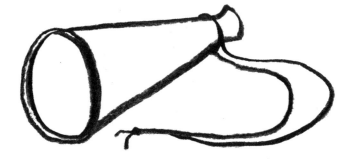

신호등

초등학교 5학년 때였나. 큰이모부를 만나러 가는 길이었다. 소풍 갈 때 말고는 버스를 탈 일이 전혀 없었던 나이에, 그것도 혼자서 아버지보다 훨씬 연세가 많으셨던 큰이모부에게 무슨 볼일이 있었던 걸까. 큰이모부를 만나러 간 이유는 전혀 생각나지 않지만, 신기하게도 그날 버스에서 있었던 일만큼은 시간이 제법 흐른 지금까지 기억 속에 뚜렷하게 남아 있다.

지금과는 다르게 어린 시절의 나는 호기심이 많은 아이가 아니었다. 과묵하고 차분했다. 부모님의 친구들이나 친척 어른들은 이런 나의 모습을 기특해했었고 무작정 착하다고 칭찬을 했었다. 나는 단지 아무 말도 하지 않았을 뿐인데, 어떻게 착하고 기특한 아이가 되었을까.

지금 와서야 이야기하는 거지만, 나는 전혀 착하지도 않았고 과묵하고 차분한 성격은 더더욱 아니었다. 단지 과묵하고 차분하고 착해 '보였을' 뿐이있다. 지금의 감각으로 그때의 나를 표현하자면, 그 시절의 나는 무無의 상태였던 것 같다. 쉽게 말해 멍~한 상태.

큰이모부를 만나러 갔던 그날도 나는 여전히 멍~한 상태였고, 버스 뒷바퀴 부분의 자리에 앉아 창밖의 풍경을 생각 없이 바라보고 있었다. 그때 버스가 교차로에 멈춰 섰다. 정지선에 맞춰 버스가 브레이크를 밟고 멈춰 서는 순간, 문득 '아, 망했다. 저렇게 빠르게 움직이는 차 사이를 무슨 수로 지나가지'라는 생각이 들었다. 그냥 지나가도 되었을 텐데 갑자기 버스를 멈춰 세운 기사 아저씨가 도무지 이해되지 않았다. 교차로의 차들은 인정사정없이 달리고 있었다. 심각해 보였다. 영화처럼 버스가 교차로를 멋지게 뚫고 지나가거나 붕~ 하고 날아가는 상상을 하면서 혼자 발을 동동 굴렀다. '아저씨! 지금이에요. 출발! 풀 파워! 전속력으로 발진!' 혼자만의 세상 속에서 수차례 야단법석을 떨었지만, 교차로를 통행하고 있는 자동차들은 멈출 기색이 전혀 보이지 않았다. 약속 시각에 늦을까 덜컥 겁이 나기 시작했다.

초조함이 극에 달하기 직전 버스 앞을 가로지르던 차들이 약속이라도 한 듯 일제히 멈춰 섰고, 버스를 비롯한 주변의 차들은 다 같이 움직이기 시작했다. 너무나도 신기했다. 어찌나 신기했던지 보송보송한 잔털 사이로 닭살이 선명하게 돋아났다. 지금 생각하면 지극히 당연한 일이지만 그때의 나로서는 너무나도 놀라운 사건이었다. 그 이후로도 얼마간의 시간이 지나고 나서야 나만 몰랐을 뿐 도로 위에는 어떤 약속들이 존재한다는 사실을 알게 되었다.

큰이모부를 만나고 나서 얼마 후의 일이다. 학교에 가기 위해 횡단보도 앞에서 신호등을 뚫어지게 쳐다보며 빨간불에서 파란불이 되기를 기다리고 있었다. 앞서 이야기했지만 그 시절의 나는 늘 멍~했다. 그래서인지 시야가 좁은 편이었다. 그런데 그날 우연히 신호등이 바뀌기 전 고개를 들었고, 네모난 보행자용 신호등과는 다른 동그란 신호등을 보게 되었다.

둔한 건지 무식한 건지 모르겠지만 세 가지 색깔로 된
그 동그란 전등이 '차량용 신호등'이라는 사실을 그때서
야 깨달았다. 평소에도 그 존재를 몰랐던 것은 아니지
만, 신호등은 모두 보행자를 위한 것이라고만 생각했었
다. 저 높은 곳에 달린 신호등도 사람을 위한 거라고 철
석같이 믿고 있었는데, 차량용이었다니. 큰이모부를 만
나러 갔던 그날, 차들이 일제히 움직이고 멈출 수 있었
던 이유는 신호등이라는 약속이 존재했기 때문이다. 나
는 열두 살이 되어서야 저마다의 신호등이 존재한다는
것을 알게 되었다.

보행자, 자동차뿐만 아니라 누구나 하나쯤은 자기만
의 신호등을 가지고 있다. 어떤 이는 자신이 가지고 있는
신호등에 대해서 거창하게 설명하는 사람들도 있고 또
다른 이는 애써 보이지 않으려는 사람들도 있는데, 중요
한 것은 신호등이 있고 없고의 문제가 아니라 우리들이
가지고 있는 신호등은 제각각 모양도 다르고 신호 체계

도 모조리 다르다는 것이다.

일반 신호등처럼 파란불, 빨간불이 크고 선명하게 잘
보이면 좋을 텐데 그렇지 않아서 추돌 사고가 빈번하게
일어나는 것 같다. 어린 시절의 나처럼 신호등이 있는지
도 모르고 무작정 달려들다가 발생하는 사고도 있을 테
고, 너무 둔한 나머지 괜찮을 거라며 신호를 무시해서
일어나는 사고도 있을 테고, 시력이 좋지 않아서 신호를
구분하지 못하고 일어나는 사고도 있을 것이다.

사고를 미연에 방지하려면 열두 살의 나처럼 멍~하니
있지 말아야지. 유심히 관찰하고 신호 체계를 잘 파악해
야지. 누구나 신호등 하나쯤은 있다는 것을 잊지 않고
살아야지.

가이드 캡

　2017년에서 2018년으로 넘어가던 겨울, 유례없는 강추위가 대한민국을 강타했었다. 그때 나는 경상남도 남해에서 지내고 있었다. 지금은 다시 고향인 부산으로 돌아왔는데, 돌이켜보면 그 겨울의 강렬함이 다시 도시로 돌아오게 하는 데 큰 역할을 한 것 같다. 당시에는 도시로 돌아가고픈 마음이 전혀 없었는데도 불구하고 부산으로 회귀할 만큼 맹렬한 추위였다.

　역대급 추위이기도 했지만 더불어 우리가 지냈던 집의 상태 또한 역대급이었다(구렸다). 어느 정도였냐면, 물이 얼어서 나오지 않는 것은 물론, 방안에서도 입김이 담배 연기처럼 길게 뿜어져 나왔다. 좌변기에 고인 물은 얼음이 되기 일쑤였고, 화장실 천장에는 고드름으로 가득했으며, 외풍은 또 어찌나 심한지 벽에 휴지를 붙여놓으면 휴지가 한시도 가만있지 않고 펄럭였다. 주방은 또 어떠한가. 냉장고에 맞먹는 온도를 자랑한 나머지 싱크대 위에 올려놓은 올리브유, 포도씨유 같은 식용유가 모조리 슬러시처럼 되고 말았다. 분명 당신은 지금 '농담이 지나치다'고 생각하고 있겠지만 이건 정말이지 MSG 전혀 없는 퓨어pure한 사실이다. 단열은 당연히 되지 않고, 외풍까지 너무 심해서 보일러를 아무리 틀어도 맹추위는 전혀 해결되지 않았다. 또 당신은 '무슨 60~70년대도 아니고…'라고 생각할 수 있겠지만, 우리가 살았던 그 집은 그때 지어진 집이 맞을지도 모른다. 속이 텅 빈 벽돌로 지어진 집이었으니까.

살아오면서 유사한 경험을 수없이 했던 터라 여기까지는 그럭저럭 참을 만한 수준이었다. 이불 푹 뒤집어쓴 채 서로를 꼭 부둥켜안고 자면 꽤 괜찮았으니까. 단순하게 '추위'의 문제였다면 어떻게든 참아볼 요량이었지만(말이 쉽지, 사실 추위로 인한 고통은 꽤 힘들다), 이를 악물고 버티면 되는 수준의 문제가 아닌 사건이 터지고 말았다.

사건에 관해 이야기하기 전에 부연설명을 하나 하자면, 도시에서는 수도꼭지를 틀면 물이 나오는 것이 지극히 당연한 일이지만 시골에서는 이 당연한 일도 결코 당연한 것이 아니다. 도시에서 운영하는 상수도 시스템은 시골에서는 읍내의 번화한 지역에만 겨우 갖춰져 있다. 말인즉 대부분의 시골 주택은 상수도가 아닌 지하수를 쓴다는 뜻이다.

　두말할 것도 없이 우리가 살았던 오래된 집 또한 지하수를 사용했는데, 시골에 있는 주택이라 하더라도 최근에 지어진 집들은 물탱크가 있거나 지하수 설비가 잘되어 있지만, 우리가 살았던 집은 애초에 그런 사치를 부리지 못했다. 내 얼굴만 한 크기의 작은 지하수 펌프만 덩그러니 마당 한쪽 구석에 헐벗은 채 놓여 있었다. 물탱크도 없어서 지하수를 곧바로 끌어다가 물을 사용했었는데 농번기 때는 물이 부족해서 고생이었고(가뭄이기도 했고 농사짓는 분들이 물을 죄다 끌어다 써서서), 겨울에는 하루가 멀다고 펌프가 얼어서 작동하지 않거나 지하수 배관이 얼어버려서 물이 나오지 않았다.

이런 겨울을 한 차례 경험했기 때문에 펌프 동파를 방지하고 지하수 배관을 빠르게 녹이는 나름의 방법을 터득했었다. 그러니 추위가 맹렬했던 지난겨울도 이겨낼 수 있을 거라 생각했었는데, 이 예상은 보기 좋게 빗나갔다. 펌프의 부품 중 일종의 마개 역할을 하는 '가이드 캡'이라는 동그란 볼트가 있다. 펌프의 몸체에 아주 단단하게 조립되는 부품인데, 하루가 멀다고 이 동그란 가이드 캡이 망가지는 게 아닌가. 가이드 캡이 망가지면서 물이 안 나오는 것은 물론이거니와 막고 있던 그 부위로 물기둥이 용솟음쳤다. 물의 소중함을 온몸으로 체험하고 있는 와중에 동그란 플라스틱 마개에 불과한 가이드 캡이 없다는 이유로 귀중한 물이 하염없이 흘러넘치는 것을 보고 있노라면 '하하하… 하하하… 하하하하하하…' 이런 실소밖에 나오질 않는다.

웃음도 잠시, 어서 빨리 물기둥을 잠잠하게 만들어야 하는데, 그러려면 부서진 가이드 캡을 교체하거나 지하수 밸브를 잠그는 수밖에 없었다. 결국 가이드 캡을 새로 교체할 때까지는 물을 쓸 수 없다는 이야기인데, 가이드 캡을 사려면 자동차로 30분은 가야 했다. 30분이든 한 시간이든 별수 있나, 물을 쓰려면 사 와야지. 터덜터덜 다녀와 가이드 캡을 교체하면 그래도 다행히 물은 잘 나왔다. 그때의 안도감과 허무감이 요즘도 가끔 샤워 꼭지를 잡고 물을 틀 때마다 불현듯 떠오른다.

지난겨울, 추위로 인해서 부서진 동그란 가이드 캡은 무려 세 개나 된다. 첫 번째 사고가 있고 며칠 지나지 않아 가이드 캡은 다시 망가졌다. 그때 혹시나 해 한 번에 미리 세 개를 구매했었다. 이후로도 두 번이나 더 아내와 나는 물기둥을 목격했는데, 미리 구매해놓은 가이드 캡 덕분에 곧바로 물을 다시 쓸 수 있었다. 불행인지 다행인지 모르겠지만 이후로 가이드 캡을 교체하는 일은 없었다. 지하수 펌프나 가이드 캡 따위의 문제가 아니라 땅속을 흐르고 있던 지하수가 통째로 얼어버린 것이다.

그해 겨울에는 역대급 추위가 2주간 계속되었고 우리는 결국 더 견디지 못하고 이웃집으로 대피했다. 고마운 이웃 덕분에 지하수와 펌프, 가이드 캡과의 치열했던 전쟁은 끝이 났고, 미치도록 추웠던 겨울도 무사히 보낼 수 있었다. 계절이 흘러 봄이 찾아왔고, 아내와 나는 완연한 봄이 왔을 때 남해 생활을 정리하고 부산으로 다시 돌아왔다. 그리고 다시 1년이 지나 새로운 봄이 오고 있다.

얼마 전 자동차의 도어 포켓에 어지럽게 구겨져 있는 각종 영수증을 정리해서 버리고 있었다. 거의 다 정리되어 갈 때쯤 생소한 물건이 보였다. '이건 뭐지?' 하며 정체 모를 물건을 집어 올렸다. 가이드 캡이었다. 그 겨울 혹시나 해 여분으로 구매했던 것이었다. 그때 마저 사용하지 못한 동그란 가이드 캡을 보니 웃기면서 슬프고 힘들었던 그 겨울의 기억이 이젠 추억이 되어 다가왔다. 당시 도어 포켓에 가이드 캡을 던져 넣을 때만 해도 훗날 가이드 캡을 바라보며 아련함을 느낄 줄은 미처 몰랐다. 찰리 채플린이 했던 말이 생각난다.

"인생은 가까이서 보면 비극, 멀리서 보면 희극이다."

나는 앞으로도 살아가면서 다시금 맹렬한 추위를 맞이하게 되겠지. 그때도 지금처럼 우연히라도 좋으니 꺼내어 볼 수 있는 동그란 가이드 캡 같은 것이 있어서 비극을 희극으로 바꿀 수 있으면 좋겠다.

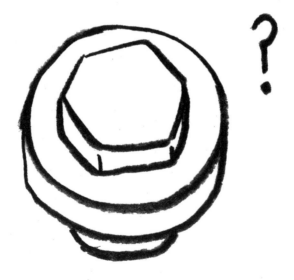

귤

 겨울은 귤이다. 귤과 함께 겨울이 오고 간다. 세상에 많은 과일이 있지만 지금껏 살아오면서 가장 많이 먹은 건 분명 귤일 것이다. 정말 말도 못 하게 많이 먹었다. 겨울에 보일러를 빵빵하게 틀어놓고 이불 푹 덮어쓴 채 만화책을 보며 까먹는 귤은 단연 최고다. 그렇게 귤과 함께 이불 속으로 들어가면 귤 한 봉지는 게 눈 감추듯 사라지곤 했는데, 그렇게 지금껏 먹은 귤을 차곡차곡 쌓으면 방 하나는 거뜬하게 채우고도 남을 것 같다.

 분명 나만 그런 것도 아닐 텐데 우리는 얼마나 많은 귤을 먹어왔을까. 그 많은 귤을 생산해낸 농부와 나무들이 새삼 대단하게 느껴진다. 우리의 풍요로운 '잉여질'에 밑거름이 되는 귤을 제공하기 위해 밤낮으로 얼마나 많은 노력을 쏟았을까. 그들이 1년 동안 쏟은 땀, 노력, 정성에 비해 너무 쉽게 귤을 사 먹었던 것은 아닐까. 물론 나도 대가를 지불하고 귤을 사긴 했지만, 이 정도의 돈으로 1년의 수고를 구매해도 되는 걸까 하는 마음이 든다. (이렇게 말하면 귤 한 상자에 5만 원씩 하더라도 사 먹을 것 같지만, 사실 어제 1.8킬로그램에 13,800원인 귤을 보고 비싸다며 혀를 끌끌 찼다.)

그마저도 값의 전부가 농부에게 가는 것이 아니라 판매상과 나눠 가지겠지. 할 수만 있다면 농부에게 직접 구매를 하면 좋겠다. 돈이 오롯하게 농부에게 갔으면 하는 바람도 있지만 더불어 고맙다는 말을 전하면 얼마나 좋을까. "고맙습니다"라는 말을 직접 듣는다면, 귤들이 트럭에 한가득 실려 나가는 뒷모습을 보면서 그들이 느꼈을 헛헛함이 조금은 채워질 텐데. 분야는 달라도 누구나 한 번쯤은 느껴봤을 헛헛함이 저마다의 방법으로 채워진다면 우리가 가진 직업들을 조금은 더 사랑할 수 있을지도 모른다.

더불어 사는 우리니까 서로가 서로의 헛헛함을 채워 주면 어떨까 싶다. 어제 마트에서 귤 한 상자를 샀는데 한쪽 모퉁이를 보니 생산자 이름이 적혀 있다.

"임XX 님. 귤 맛있게 잘 먹었습니다."

치즈타르트

한때 1년 6개월가량 살았던 남해는 흔히들 말하는 시골이다. 그 전에 살았던 부산과는 거리가 150킬로미터 정도 되고 운전을 해서 가면 넉넉히 두 시간 사십 분 정도가 소요된다. 거리상으로는 가까운 것 같은데 시간상으로는 한참 먼 것 같은, 애매하기 짝이 없는 그런 곳이다. 남해에서 어지간해서는 부산을 잘 가지 않았다는 말을 하고 싶어 굳이 부연 설명을 했다.

그래도 이따금 부산에 가곤 했는데 도시에 살 때는 별 의미 없었던 것들도 오랜만에 만나면 어쩌나 반갑던지. 다른 것보다 다채로운 먹거리가 주는 즐거움이 이토록 기쁜 것인지 몰랐다(너무 당연한 거라 그랬겠지). 남해에서는 그 흔한 맥도널드, 버거킹도 없었다. 제과점이라도 가려면 차를 타고 20킬로미터는 족히 가야 했는데, 도시에서는 눈만 돌리면 맛있는 것들이 이렇게 잔뜩 있으니 얼마나 좋았겠는가.

부산에서 돌아올 때면 일명 '도시 음식'을 꼭 사 왔다. 주로 디저트를 샀다. 양손 가득 디저트를 사서 동네 이웃과 함께 나눠 먹으며 그 맛을 음미했다. 100퍼센트 홋카이도산 치즈가 듬뿍 들어간, 누가 봐도 노릇노릇하게 잘 구워진 동그란 타르트는 결핍이라는 양념이 첨가되어 그런지 정말 황홀한 맛이었다. 따지고보면 그리 대단한 것도 아니고 우리가 알던 상당히 흔한 치즈타르트인데도 늘 상상 이상의 맛이었다. 이런 기쁨을 이웃과 함께 느끼고 나니 도시의 문물들을 경험하는 게 너무 좋았다. 그 시간이 행복했다.

이런 생활을 반복하다 아내와 나는 시골 생활을 정리하고 다시 도시로 왔다. 이제 주변에 맛있는 음식들이 즐비해 있다는 것만으로도 좋을 줄 알았는데, 한 달도 채 지나지 않아 식상해졌고 아무런 감흥을 느끼지 못하게 되었다. 지금은 도리어 시골의 풍광과 유유자적했던 그때가 그립다. 이대로라면 아마도 어느 곳을 가든 지금보다는 '그때'가 더 좋게 느껴질 것만 같다.

지금도 좋은 것들은 충분히 많다. 그런 것들을 누릴 수 있는 여유로움이 없을 뿐. 동그란 치즈타르트는 그때나 지금이나 똑같이 맛있으니까 이제는 느긋하게 치즈타르트를 음미할 수 있는 마음이 필요하다.

김밥

긴장이 풀린 내 얼굴을 들여다보면 자연스레 입술 쪽으로 시선이 간다. 흔히들 표현하는 '앵두 같은 입술'처럼 매력적인 자태를 뽐내서 그런 것은 아니다. 도톰하다 못해 오동통한 내 입술은 마치 명란젓 같다. 거기다 긴장까지 풀려 축 늘어진 입술은 정말이지 명란젓 그 자체다. 바늘로 콕 찌르면 터질 듯 빵빵하고 새빨간 내 입술은 봄, 여름, 가을까지는 늘 명란젓 같지만(괜히 비속어처럼 느껴지는 건 그저 기분 탓이겠지요?), 겨울이 오면 언제 그랬냐는 듯 슬슬 트기 시작한다. 생기 넘쳐 보이던 빨간 입술은 온데간데없고, 거북이 등껍질처럼 딱딱하고 쩍쩍 갈라져 볼품없어진다.

피부병에 걸린 것처럼 내 입술을 뒤덮고 있는 껍질을

보면 가만두지 못하고 손으로 뜯어내곤 하는데, 그때마다 어김없이 피를 보게 된다. 그럴 때면 '아… 립밤 사야겠다'라는 생각, 내지는 결심을 하게 된다. 그렇다고 해서 바로 사는 게 아니라 기어코 피를 몇 차례 더 흘리고 나서야 겨우겨우 구매를 하는데 매년 이 패턴을 반복한다. 그렇게 구매한 립밤은 한 이틀 정도는 그럭저럭 잘 바르는데, 그 이후로는 행방이 묘연해진다(그냥 잃어버리는 거지 행방이 묘연하기는 무슨). 이 또한 같은 패턴의 반복이다. 아마 지금까지 잃어버린 동그란 립밤을 모으면 책상 서랍 한 개는 거뜬하게 채우고도 남을 것이다.

어렸을 적에는 립밤을 용돈으로 사야 하니 잃어버리면 누나의 것을 대신 발랐는데, 수입이 생기고 난 이후로는 해마다 두세 개씩 구매를 했었다. 한 해에 립밤 구매 횟수가 정점을 찍었던 때가 있었는데, 바로 국내에 드러그스토어가 처음 도입되었던 시기다. 약국에서 늘 보던 니베아, 챕스틱이 아니라 처음 보는 브랜드들도 많고 매력적인 패키지가 돋보이는 제품들도 많아서 쇼핑요정인 나는 가만히 있지 못했다. 일부러 그랬던 것은 아니지만 하루가 멀다고 립밤을 잃어버리곤 했다. 진짜 일부러 그런 것은 아니다. 그러다보니 부르튼 입술을 위해서 립밤을 구매하는 건지, 쇼핑 욕구를 채우기 위해 립밤을 구매하는 건지 모를 지경에 이르렀다. 드러그스토어에 있는 대부분의 립밤을 구매했다가 분실하기를 몇 번이나 반복하고 나서야 더는 립밤을 구매하지 않게 되었다.

지금도 아내와 함께 드러그스토어를 가게 되면 립밤 코너에서 잠시 망설이곤 한다. 조금은 철이 든 건지 이제는 '어차피 잃어버리거나 잘 바르지도 않을 텐데'라는 생각이 들어서 곧바로 등을 돌리지만, 가슴 한편에는 어딘지 모르게 섭섭한 기분이 든다. 이건 뭐랄까. 수십 년 동안 착용했던 안경에 이별을 고하는 느낌이랄까. 시력교정 수술을 통해 눈이 좋아져서 안경이 더는 필요하지 않고 광명을 찾아 너무 좋긴 하지만 안경과 헤어지는 것이 마냥 즐겁고 기쁘지만은 않은, 그런 기분이랄까.

앞으로 동그란 립밤을 더 구매할지 안 할지 모르지만, 싸늘한 계절이 찾아오면 립밤 앞에서 말라비틀어진 명

란젯 같은 입술을 떠올리며 엄청난 내적 갈등을 겪게 될
것이다. 립밤을 구매하고 잃어버렸던 그만큼의 시간이
지나고 나면 쇼핑 욕구가 다시 샘솟을지도 모르고, 그것
도 아니면 사상 초유의 센스와 패키지로 무장된 엄청난
립밤이 세상에 나오게 된다면 혹해서 구매할지도 모르
겠다.

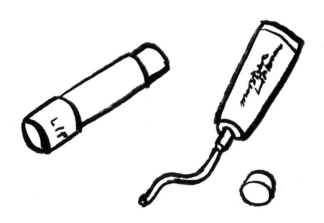

구슬

초등학교 앞에 있던 작은 문구점을 떠올릴 때마다 다양한 감정이 충돌한다. 문구점은 '저기 있는 장난감들이 모두 다 내 것이면 얼마나 좋을까?' 하는 탐욕, 욕심, 욕망 따위의 감정을 난생처음 느낀 곳이기도 하다. 두근거림 내지는 설렘으로 포장된 그 감정은 이내 '대일아 저 장난감 가지고 싶지? 좋아 보이지? 보이는 것보다 훨씬 더 좋아! 어서 가지렴' 하고 나를 부추겼다. 실제로도 무엇을 갖고자 하는 욕망에 충실하면 분명 '행복'해질 것이라고 확신했었다.

난생처음 느꼈던 지극히도 당연한 이 감정의 흐름을 누군가가 쉽게 설명해줬거나 애초부터 문구점의 장난감에 호기심을 느끼지 않았더라면 지금의 나는 어떤 모습일까. 문구점에서 발현되고 각인된 재화에 관한 '탐욕 프로세스'는 수십 년의 세월이 흐른 지금도 그때 그 형태 그대로 내 속에 깊이 새겨져 있다. 탐욕을 느끼는 재화의 종류만이 세월의 흐름에 발맞춰 변했을 뿐이다. 겨우 10평 남짓한 문구점에서 '세계 최대 규모의 백화점!'이라는 타이틀이 붙은 그런 곳으로 말이다. 문구점과 대형 백화점의 규모 차이 만큼 학교 앞 작은 문구점을 향한 나의 노스텔지아도 진하지 않을까 생각한다.

물욕에 눈을 뜬 어린 나는 문구점에 진열된 물건들을 몽땅 가지고 싶었지만, 트라우마를 안겨준 동그란 공만큼은 예외였다. 공을 피해 다녔던 탓에 흙먼지 휘날리며 뛰어놀던 동네 친구들 사이에서 희미한 소외감을 느끼기 시작했었다. 덧붙여 왜소하고 허약했던 나는 숨바꼭질이나 다망구('다방구'의 부산 사투리) 같은 뜀박질 위주의 놀이 또한 신통찮은 실력의 소유자였다. 쉽게 말해 나는 '같이 놀면 재미없는 아이'였다. 동네 친구들이 굳이 내게 "너랑 놀면 재미없어!"라고 말하지는 않았지만, 골목 어귀에 옹기종기 모여 있는 친구들을 감싸고 있는 기류가 그 말을 대신하고 있음을 본능적으로 느꼈다. 그걸 느끼면서도 모른 척하고 친구들과 즐겁게 놀 수 있는 넉살은 그때나 지금이나 매한가지로 없다.

아마도 집단으로부터의 소외감을 처음 느꼈던 시기였던 것 같다. 그때보다 세월이 훌쩍 지난 지금도 소외감은 쉬이 감당하기 어려운 감정인데, 어렸던 그때의 나는 생소하면서도 근원을 알 수 없는 그 감정을 어떻게 견뎌냈을까. 만약 내가 아이가 있고, 그 아이가 이런 형태의 감정을 경험하게 되었고, 그 무형의 것들과 내면의 전쟁을 치러냈다고 생각하면 기특하고 미안하면서 감사한 마음이 든다. 이 마음을 어린 나에게 전해주고 싶다. 괜찮다고, 아무것도 아닌 거라고 다정하게 이야기해주고 싶다. (글을 쓰고보니 친구들이 왕따를 시킨 듯한 느낌이 들지만, 그렇지 않아요. 제가 어렸을 땐 '왕따'라는 단어도 없었고, 우리 동네 친구들은 저를 '깍두기'로 여겼을 뿐 늘 함께 놀긴 했습니다. 어쩐지 이렇게 변명을 늘어놓으니 왠지 더 쓸쓸한 느낌이네요.)

하여튼 그때의 나는 골목을 감싸고 있는 그 기류를 느끼고 싶지 않았다. 없애고 싶었다. 그 집단 속에 온전하게 소속된 일원이 되고 싶었다. 좋은 방법이 없을까 고민하던 차에 문구점 한편에서 보았던 작고 동그랗고 영롱한 구슬들이 떠올랐다. '그래, 바로 저거다!' 동그란 공과 흡사한 모양이지만 아주 가소로운 크기의 작은 구슬이라면 공에 대한 두려움도 느낄 필요 없고, 심장이 터질 것처럼 달리지 않고도 친구들과 즐겁게 놀 수 있을 거라는 확신이 들었다. 작은 흙구덩이 속으로 구슬을 밀어넣기만 하면 되는 아주 간단한 구슬치기 정도는 이런 나라도 충분히 잘할 수 있을 것 같았다. 구슬치기를 잘해서 친구들의 구슬을 내 것으로 만들겠다는 포부 따위는 없었다. 그저 친구들이 웃을 때 나도 함께 웃고 함께 열광하고 싶었을 뿐이니까.

이런 마음을 품고서 며칠 용돈을 모아 구슬을 한아름 구매하고 게임에 합류했다. '이제 손가락으로 구슬을 튕겨서 저 작은 흙구덩이 속으로 밀어넣기만 하면 된다!' 단단히 마음먹고 구슬을 힘껏 밀었다. '어라…?' 아주 간단하고 쉬워 보였던 구슬치기는 눈으로 보던 것과는 달랐다. 손가락의 미세한 각도 조절과 섬세한 터치가 필요한 제법 정교한 놀이였다. 구슬을 손가락에 끼우는 것도, 구슬을 굴리는 일도, 바닥에 납작 엎드려 한쪽 눈을 질끈 감고 각도를 재는 모습까지(흡사 운동선수의 진지한 모습이 떠오르는) 이 모든 게 내가 하니 어색하고 볼품없게만 느껴졌다.

단 한 번의 구슬치기를 통해서 '아, 나는 이런 것과 어울리지 않는 사람이구나. 난 게임이나 놀이를 잘하지 못하는 사람이구나'라고 스스로 인정해버렸다. 이 인정과 동시에 모든 놀이와 게임 앞에서 언제나 소극적인 태도를 보이게 되었다. 어떤 놀이를 해야 하는 상황이 되면 "저는 게임 같은 거 진짜 못하는 사람입니다"라고 공공연하게 이야기하고 다니기 시작했다. 어차피 잘하지도 못하는데 해서 뭐 하나 싶었고, 다 즐기자고 하는 것인데 나에게는 즐거운 종류의 것이 아니었다. 잘하고자 하는 노력도 전혀 없이 '소질이 없다'고 인정해버리고, 그 안일함에 숨어버렸다. '어차피 나는 이런 걸 못하는 사람이니까'라고 말이다.

그렇게 수십 년을 살아왔던 탓에 여전히 나는 내가 이런 것을 못하는 사람이라는 생각이 든다. 만약 그때 구슬치기나 뜀박질 같은 것들을 잘하고 싶어 부단히 노력했다면, 동그란 구슬을 바라보면서 지금과 달리 '옛날에 구슬치기 진짜 잘했는데. 완전 동네를 휩쓸고 다녔었지!' 뭐 이런 마음이 들지 않았을까.

이제 와서 이런 이야기를 하는 게 무슨 소용인가 싶지만, 되돌아보면 그때 나는 인정하고 도망가지 않았어야 했다. 별것 아닐지 몰라도, 노력을 하기보다 '나는 못하는 사람'이라고 인정했던 게 단순 놀이를 넘어서 삶의 중요한 부분에까지 영향을 미쳤다는 생각이 든다. 실제로도 다방면으로 '서툰 사람'이라는 생각이 나를 지배했던 적이 많았다. 그렇다고 자신감이 결여된 채 보낸 지난 시간이 헛되다고 생각하지 않고, 그렇게 살아온 삶에 대한 후회도 전혀 없다. 단지 그런 시간을 보내온 어린 나에게 '괜찮다'는 말 한마디가 하고 싶을 뿐이다.

요즘 10, 20대 아이들에게서 어린 시절의 내 모습을 보곤 한다. 이들에게 기성 세대들은 얼마나 많은 용기와 파이팅을 강요했던가. 억지스러운 파이팅보다는 괜찮다는 잔잔한 위로의 말을 해주고 싶다.

아 그리고 여담입니다만, 언제부터인가 놀이나 게임 같은 것들이 예전 같지 않게 척척 잘되기 시작했어요. 못한다고 이야기해놓고 까보면 (말한 것보다는) 잘하는 사람이 되어서 '뒤통수친다'는 말을 종종 듣곤 했지만요.

지문과 도장

언제부터 언제까지였는지 기억이 가물가물하다. 대략 16년 동안 계절이 바뀔 때마다 습진에 걸린 것처럼 열 손가락의 껍질들이 모조리 벗겨지거나 뒤집어졌었다. 내 손가락에는 무슨 일이 벌어지고 있길래 멀쩡하던 손가락이 계절만 바뀌면 어김없이 껍질이 벗겨졌던 걸까. 더욱더 신기한 것은 기후의 변화로 계절의 길이가 달라졌음에도 불구하고, 간절기가 찾아오면 거짓말처럼 껍질이 벗겨지기 시작한다. 날씨 관측 시스템이 없던 시절의 어르신들이 습도와 바람, 구름을 바라보며 "내일은 아무래도 비가 올 모양이야"라고 예측하셨던 것처럼, 나도 언제부턴가 산등선처럼 지문을 이루고 있는 선들이 뭉개지는 것을 보며 '이제 곧 여름인가?' 짐작하게 되었다.

계절과 계절의 사이, 봄도 여름도 아닌 계절. 봄이라고 하기에는 너무 덥고 여름이라고 하기에는 시원한 그때. 누군가는 늦봄, 또 누군가는 초여름이라고 부르는 모든 게 불분명한 그때쯤이면 손가락 트러블은 어김없이 시작되었다. 그러다 아스팔트에서 피어나는 열기의 아지랑이를 맨눈으로 확인할 수 있는, 세상 모든 사람이 완연한 여름이라고 느끼는 때가 오면 흉측하게 벗겨진 채 속살을 드러냈던 손가락들은 언제 그랬냐는 듯 깨끗해졌다. 1년에 두 번. 봄에서 여름, 가을에서 겨울로 넘어가는 환절기마다 일어났던 내 몸의 작은 변화였다. 자그마치 16년 동안 말이다.

이 지긋지긋한 습진이 어느 날 그 생을 마감하게 된다면 환희에 가득 차는 것은 물론 길이길이 기억에 남을 것 같았는데, 돌이켜보니 언제부터 습진이 사라졌는지 전혀 떠오르질 않는다. 의아하다. 지금도 글을 쓰며 손가락을 몇 번이나 쳐다봤는데 '나는 정말 습진 때문에 고생했었던가' 하는 생각이 들 정도다. 습진이 비교적 가벼운 질병이어서 그런 걸까. 아니다. 모를 일이다. 만약 계절의 변화와 함께 찾아왔던 그 습진이 훨씬 더 심각한 상태여서 손가락에 무언가가 닿기만 해도 찌릿찌릿한 고통을 느꼈다면 습진이 생을 마감했던 그날은 마치 '광복절'만큼 의미 있는 날이 되었을 것이다.

당시로서는 힘든 일이었다 하더라도 돌이켜보니 힘들었다기보다 조금 귀찮거나 거슬리는 정도였던 것 같다. 계절성 손가락 습진이 내게 안겨준 건 대부분 통증이라는 물리적 고통의 형태가 아닌 '난감한' 종류의 것이었다. '어찌할 바 모르는' 혹은 '이러지도 저러지도 못하는' 고충이라고나 할까.

예를 들어 회사의 출퇴근 기록이나 보안 해제, 출입문의 개폐 여부 같은 것이다. 내가 다녔던 회사는 지문으로 이 모든 것들을 처리했었는데, 계절성 손가락 습진이 찾아온 시기의 나는 매일 아침 곤욕을 치러야 했다. 습진으로 인해서 지문 인식이 제대로 되지 않는 날이 대부분이었기 때문이다. 출근 시간보다 30~40분 정도는 일찍 도착해서 20분가량 지문 인식기와 실랑이를 벌여야 겨우 출근으로 처리되었고, (가끔이긴 하지만) 야근 후 퇴근 시 문단속을 할 때도 마찬가지로 '삑! 삑! 처리되지 않았습니다' 따위의 기계음을 지긋지긋하게 듣고 나서야 겨우 퇴근으로 처리되곤 했었다. 출퇴근이라는 흔적을 남겨야 하는 그 시절의 나는 군데군데 뜯겨나간 회오리 모양의 동그란 지문을 바라보며 얼마나 많은 한숨을 배출했는지 모르겠다. 문자 그대로 땅이 꺼질 듯한 한숨이었다.

비슷하면서 조금은 다른 도장에 관한 이야기도 있다. 여태껏 인감도장을 바꾼 횟수가 적어도 예닐곱 번은 될 만큼 자주 바꿨었다. 부모님의 부탁이나 개인 사정으로 인감증명서가 필요한 순간들이 종종 있었다. 어째서 '그 순간'들은 죄다 긴박했던 걸까. 급한 마음 때문인지, 꼼꼼하게 챙기지 못한 탓인지 '그 순간'에는 인감도장이 도통 보이지 않아 늘 주민센터 근처의 도장집에서 5,000원짜리 동그란 나무 도장을 새롭게 만들곤 했었다. 구깃구깃한 5,000원짜리 지폐를 건넬 때마다 이번만큼은 기필코 도장을 찾기 수월한 곳에 넣어두겠노라며 연신 다짐했다. 그런데도 긴박함이 사라져 긴장이 풀리고 난 뒤의 나는 그리 꼼꼼하지 못했다.

결국 또 '그 순간'이 찾아오면 온갖 히스테리를 부리며 도장을 찾아 헤맸다. 혼신의 힘을 다해 뒤적거리다보면 웬걸, 오래전 잃어버렸던 도장과 가장 최근에 만들었던 도장을 함께 발견하는 일이 벌어지기도 했다. 비슷한 생김새의 5,000원짜리 동그란 나무 도장을 바라보고 있으면 어떤 도장이 마지막 인감도장인지조차 헷갈린다. 모두 나의 도장인데 두 개 중 하나는 거짓이라고 생각하니 참 희한하다. 겨우 5,000원짜리 싸구려 도장이라서 그런지 서로 다른 곳에서 만든 도장임에도 불구하고 기가 막히게 닮았다. 이것도 참 희한하다.

도장의 주인조차도 무엇이 진짜인지 모른 채 두 개의 도장을 들고 주민센터로 향했던 적도 있었다. "뭐가 인감도장인지 잘 기억이 안 나네요." "이게 인감도장이네요. 이건 파기하는 게 좋을 것 같아요. 앞에 보이는 지문 인식기에 오른쪽 엄지손가락 올려주세요." 딱 두 번이긴 했지만, 계절성 손가락 습진과 '그 순간'이 겹쳤던 그때는 정말 코미디 그 자체였다. 무엇이 진짜인지 모르는 두 개의 도장과 제대로 인식되지 않는 지문 때문에 내가 나 자신을 증명하는 서류를 발급하는 게 막막했던 그 순간. 도장과 지문을 가지고서도 내가 나임을 증명하지 못했던 그 순간은 참 아이러니했다.

16년이라는 시간 동안 여름과 겨울의 시작을 같이 했었던 계절성 손가락 습진은 이런 난감한 형태의 고충을 간헐적으로 선사한 게 전부였다. 그러니 그것이 사라진 '어느 날'은 이제 기억 속에서도 희미해진 보통의 시간이 되어버렸다.

삶의 형태가 예전보다 균형감을 찾은 요즘이라 이런 생각이 드는지 모르겠지만, 16년 동안 습진과 함께했던 그 시절의 나와 지금의 내가 만약 비슷한 삶을 살고 있다면 여전히 계절과 계절의 사이의 어느 날 동그란 지문에서 습진을 목격하지 않았을까. 무엇이라 정확하게 표현하지 못할 만큼 불분명한 형태의 변화이긴 하지만 어찌 되었든 습진이 사라진 그 언저리부터 삶의 변화가 일어나기 시작한 것 같다. 돌이켜보니 그 중심에 아내라는 존재가 있고, 사랑이라는 감각이 있다. 아내의 사랑이 동그란 지문과 도장을 무용지물로 만들었던 계절성 손가락 습진의 치료제가 된 것이 아닐까 싶다.

혓바늘

며칠 전 겨우 좁쌀만 한 크기의 혓바늘이 났다. 이 작은 동그라미가 뭐라고 며칠째 고역을 치르고 있다. 내 몸에 있는 모든 신경이 혓바늘에 집중된 것만 같다. 마치 혀에 심장이라도 달린 것 마냥 쉴 새 없이 쿵쾅거린다. 내 혀에 이런 에너지가 존재했던가. 그게 아니라면 혓바늘은 도대체 무엇이길래 모든 것이 응집되었다가 폭발한 것처럼 통증을 쏟아내는 걸까. 만약 이 좁쌀만 한 것이 엄지손톱만큼 커다랗다면 어떤 일이 벌어지게 될까. 상상만으로도 온몸의 털이 바짝 선다. 그나마 가만히 있어야 견딜 만하다. 만약 혓바늘에 무언가 닿기라도 하면 짜릿한 경험을 하게 된다. 그 느낌이 싫고 고통스러워서 아무것도 닿지 않게 하고 싶지만 쉽지 않다.

혓바늘이 주는 잔잔한 고통을 끌어모아 한 번에 몰아서 받고 끝내는 방법이 있다고 한다. '알보칠'이라는 일명 '악마의 명약'이 있는데 그걸 바르면 그렇게 된단다. 엄청난 고통 후에 평화가 찾아온다는데 친구의 표현을 빌리자면, '벌떡 일어나 데굴데굴 구르고, 벌떡 일어나 데굴데굴 구를' 만큼의 고통이란다. 그 표현이 너무도 와 닿아서 나로서는 도저히 바를 용기가 나질 않았다. 이따금 혓바늘이나 구내염 같은 게 생길 때마다 친구가 이야기한 알보칠이 떠올라서 발라볼까 싶다가도 그 표현이 주는 고통이 연상되어 망설여진다.

이번에도 역시 알보칠이 곧바로 생각나 발라볼까, 아니면 참을까 망설이는 사이 혓바늘은 사라졌다. 또 언젠가 알보칠이 떠오르는 날이 올 텐데 지금 마음 같아서는 '그게 뭐라고, 한번 발라봐야지' 싶지만, 분명 눈앞에 닥치면 나는 또 망설이겠지. 늘 이런 식이다. 겁쟁이인 나는 이번 생에 아마도 알보칠을 경험하긴 힘들 것 같다. 차라리 다음부터는 '에잇~! 알보칠 따위 필요 없이 내 너를 정복하리라!' 다짐하는 용기라도 가져보련다.

보신각종

매년 12월 31일 자정을 기하여 울리는 서른세 번의 보신각 종소리를 실제로 들어본 적이 없다. 뉴스의 자료 화면 정도로 스치듯 본 게 전부다. 새해 첫 일출도 이와 마찬가지로 전무全無에 가깝다(딱 두 번 정도 봤었다). 동그란 보신각 타종 행사나 새해 첫 일출 감상 같은 의식 행위에 특별한 의미를 느끼지 못하기 때문이다. 내가 상당히 이성적이거나 과학적인 사람이라고 한다면 '그럴 수도 있겠거니' 할 여지라도 있지만, 나는 이제 막 중년에 접어든 눈물 많은 감성 덩어리임에도 불구하고 이상하리만치 새해 관련 행사만큼은 차디차게 반응한다(이건 아내도 마찬가지이다).

12월 31일에서 1월 1일이 되었다는 것은 겨우 1분의 시간이 지났을 뿐이라는 게 아내와 나의 공통된 의견이다. 이 때문인지 (부모님 생신이나 가족 행사는 제외하고) 서로의 생일이나 결혼기념일에는 상당히 무심한 편에 속한다. 그 흔한 생일 케이크에 촛불 켜는 일조차 하지 않는 것은 물론 생일을 챙겨주지 않았다고 섭섭한 마음이 드는 것도 전혀 아니다. 아내와 내가 새해를 맞이하거나 생일 축하에 큰 의미를 느끼지 못하는 이유는 둘 다 감성적인 사람이라서 그런 것 같다. '감성적인 사람이라면 기념일을 더욱 챙겨야 하는 거 아닙니까?'라고 생각할 수 있지만, 감성적이라서 기념을 위한 '행위'보다 그 '의미'에 더 집중하는 게 좋다고 생각한다.

기념을 하기 위한 과도한 축하 행위들이 기념일이 간직하고 있는 소중한 의미를 밀쳐버린 경우를 많이 봐왔다. 대개 그런 경우, 기념일의 의미는 어느덧 사라지고 기념을 빌미삼아 떠들썩하게 보낸 그날의 분위기만 추억으로 포장되고 만다. 그게 너무 싫어서 무미건조하게 보일지라도 기념일을 챙기지 않는다. 이렇게 쓰고보니 감성적이라서 생일 축하에 큰 의미를 두지 않는 것도 아니고, 감성적이라서 '행위'보다 '의미'에 더 집중하는 게 좋다고 생각하는 것도 아닌 듯하다. 단순히 우선순위를 어디에 두느냐의 차이인 것 같다. (축하를 통해 의미를 다지는 많은 분들께 미움을 살 뻔했군요.)

물론 이런 이유 하나만으로 일부러 보신각 타종 행사에 무관심했던 것은 아니다. 정확히는 요즘에 와서야 무관심해졌고, 20대 후반에서 30대 초중반까지는 정말이지 너무도 싫었다. 어둡고 긴 터널을 횡단 중이던 그때, 제야의 종소리는 새로운 날들을 향한 희망을 안겨주기보다는 '허튼 수작 부리지 말라'는 경고음처럼 느껴졌다. 올해도 여전히 고통 속에서 살아야 함을 확인받는 듯한 종소리를 일부러 찾아서 들을 필요가 있나. 힘겹게 현재를 살아가고 있는 사람에게 작년이든, 올해든, 내년이든 그게 뭐가 중요하겠는가. 이러든 저러든 고통은 여전한데 시끄럽기만 한 종소리로 나눠버린 작년과 새해는 나에게 큰 의미가 없었다. 그저 고통스러운 과거였고, 변하지 않은 현재이며, 변하지 않을 가까운 미래일 뿐이었다.

그 당시 나에게 '시간'이란 아무런 의미도 가치도 없는 것이었다. 하지만 나를 둘러싼 어둠이 완전하게 걷히고 한참이 지나고 나서야 느낀 사실은, 앞이 전혀 보이지 않던 칠흑 같은 현재도, 끝나지 않을 것 같던 마음의 불안도 속절없는 시간의 흐름 앞에서는 결국 힘을 잃게 된다는 것이다. '시간이 모든 걸 해결해준다'는 어른들의 말을 온전히 믿었더라면 어둠의 한가운데에 있었던 그때, 제야의 종소리를 들으며 희망이나 용기를 조금은 얻지 않았을까 생각해본다. 우리는 이 사실을 머리로는 이해하면서 왜 직접 겪어봐야만 깨닫고 받아들이는 걸까.

혈액형 O

마지막 원고를 쓰기 위해 동그라미를 찾던 중, "헐~ 대박! 내 혈액형이 동그라미야!"라며 큰 소리로 외쳤다. 이 놀라운 사실을 아내에게 간증하듯 두 눈을 부라리며 전파했지만, 그녀의 반응은 굉장히 미지근했다. 엄청난 리액션을 기대했건만 그녀는 긍정도 부정도 아닌 화제 전환을 위해 전혀 다른 말을 하고 있다. 굴욕적이다.

솔직히 이야기하자면, "헐~ 대박"이라고 말하긴 했지만 나조차도 억지스러운 느낌이 들긴 했다. 과도한 액션으로 얼렁뚱땅 반응을 이끌어내고, 그 반응에 용기를 얻어 마지막 이야기를 써 내려갈 요량이었다.

"동그라미를 찾는 여정을 시작하고 각각의 동그라미

들 속에서 잊고 지냈던 제 삶의 단면들을 기억해낼 수 있어서 의미 있는 시간이었습니다. 마지막 장을 써 내려가면서 저를 이루고 있는 제 피가 동그란 O형이었다는 사실을 통해 어쩌면 이 여정은 운명이었구나 생각하게 되었습니다"라며 억지 감동을 만들어볼 심산이었다. 다행스러운 것은 이런 쪽으로는 소질도 없을뿐더러 이런 오글거림을 지독히도 싫어하는 아내 덕분에 이불 킥의 횟수를 줄일 수 있게 된 것 같다.

덧붙여 짧은 순간이긴 했지만, 동그라미를 찾는 마지막 순간 내 혈액형이 O형이라는 사실에 흡족했던 것 또한 사실이긴 하다. 이왕 이렇게 된 거 조금 더 억지를 부린다면, 동그라미를 찾는 것에 많은 도움을 준 아내의 혈액형은 동그라미를 반으로 갈라놓은 것을 합친 B형이라는 사실이다.

O

고마운 동그라미들

(1) 신호등

　빨강, 주황, 초록 이렇게 세 가지 색으로 이루어진 신호등 덕분에 교통질서가 유지된다. 사실 신호등이 있어서 겨우 유지되고 있는 느낌이랄까. 만약 대한민국에 신호등이 없었다면… 으으으 상상하지 말자. 신호등이 있어서 정말 다행이다. 없었으면 어쩔 뻔했나 몰라.

(2) 전구

어둠을 밝혀주는 고마운 전구. 에디슨 할아버지가 만약 전구를 개발하지 않았다면 지금도 양초 켜놓고 있겠지. 어두워서 불편한 것은 물론이거니와 노트북이나 TV 같은 것들은 모조리 다 존재하지 않았겠지. 좁은 골목길 같은 곳에는 가로등 대신 횃불을 같은 걸 꽂아놓았으려나. 없는 채로 살았으면 몰라도 이미 전구의 빛을 경험한 우리에게 전구의 부재는 거의 재난에 가깝다. 이리 생각하니 동그란 전구가 개발되어서 정말 다행이다. 없었으면 어쩔 뻔했나 몰라.

(3) 초코파이

동그란 초코파이가 없었으면 국군 장병들은 당이 떨

어질 때마다 무엇으로 충전을 했을까. 심지어 오손도손 정도 못 나눌 뻔했다. 정도 나누고 떨어진 당과 주린 배도 간편하게 채워주는 초코파이가 있어서 정말 다행이다. 없었으면 어쩔 뻔했나 몰라.

⑷ 바퀴

동그란 바퀴가 없었다면 자전거도 없고, 오토바이도 없고, 자동차도 없고, 기차도 없고, 수레도 없었겠지. 이동 수단은 그렇다 치더라도 짐을 운반하는 수레 같은 것도 없어서 죄다 인력으로 짐을 지고 메고 들어서 옮겨야 했겠다. 정말 큰일날 뻔했구나. 동글동글 이리저리 요리조리 굴러다니는 바퀴가 있어서 정말 다행이다. 없었으면 어쩔 뻔했나 몰라.

⑸ 우산

매년 장마 시즌이 찾아온다. 만약 지구상에 동그란 우산이 존재하지 않았다면 장마 시즌이 끝날 때까지 매일매일 세탁도 해야 하고 축축하게 젖은 상태로 하루를 보내야 한다. 찝찝한 것은 물론 컨디션이 온종일 꽝일 것만 같다. 불쾌지수 또한 엄청날 듯. 우산이 있어서 정말 다행이다. 없었으면 어쩔 뻔했나 몰라.

(6) 해와 달

신호등, 전구, 초코파이, 바퀴, 우산 따위 없어도 그럭저럭 살아가겠지만 동그란 해와 달 없으면 지구는 벌써 멸망했겠지. 그저 감사할 따름이고 존재해줘서 얼마나 다행인지 모르겠다. 없었으면 어쩔 뻔했나 몰라.

(7) 지구

해와 달이 있어서 다행이긴 한데 지구가 없으면 무슨 소용이랴. 지금 열 올리며 쓰고 있는 이런 글 따위 다 무슨 소용이람. 있을 때 잘해야지. 앞으로 잘하겠습니다. 지구 님. 존재해줘서 정말 고마워요.

"없었으면 어쩔 뻔했나 모르겠어!"

마치며

이 책을 쓰기로 마음먹은 이후 두리번거리는 버릇이 생겼습니다. 동그라미를 찾느라 말이죠. 관점에 따라 다르게 느껴지기는 하겠지만, 지금으로서는 주변의 사물들이 온통 네모처럼 보입니다. 개똥도 약에 쓰려면 없다고 하지 않나요. 행동반경이 일정해서 그런지 새로운 동그라미를 찾는 게 언제부턴가 힘들어지기 시작했어요. 우연히 동그라미를 찾았다 하더라도 그에 맞는 그럴싸한 에피소드가 없거나 좀처럼 생각나지 않아 동그라미를 동그라미라고 부르지 못하는 지경에 다다른 게 아닌가 싶습니다.

대개 이런 상황은 '마감 또는 기한'이라는 장치가 주는 묘한 압박감 때문에 생기는 건데, 차일피일 미루는 타입인 저에게는 이런 장치가 꼭 필요하기도 하고, 덩달아 저의 '업보' 같은 것이므로 겸허히 받아들여야겠지요. 이런 글을 쓰면서 반성하고 또 반성하지만, 시종일관 같은 패턴을 반복하는 걸 보면 저의 타고난 기질인 '미루기'를 무찌르기란 이번 생에는 글러 먹은 듯합니다.

자책은 여기까지 하고 다른 이야기를 해보자면, 이번 책을 계기로 관찰이라는 것을 하게 되었어요. 세상의 수많은 사물이 저마다의 이유로 제각각의 모양들을 한 것이 새삼 신기하게 느껴졌습니다. 아무 생각 없이 지나쳤던 사소한 사물들을 바라보며 거기에 담긴 저의 이야기를 찾기 시작했죠. 처음에는 그저 이야기를 찾고자 했지만, 계속해서 들여다보니 뭐랄까요. 어떤 물건이 만들어졌을 당시 그 물건을 만들었을 제작자의 마음이 느껴졌다고나 할까요. 조금 거창하지만 뭐 어쨌든 그랬습니다. 혼자만의 착각일 수도 있지만, 제작자와의 교감 정도라고 해두겠습니다. 아! 물론 어디까지나 저의 마음에 쏙 들거나 굉장히 잘 만들어진 물건들에 한하여 그랬다는 이야기입니다.

그들의 수고와 노력, 고뇌가 제 마음속에 자리 잡았을 때의 그 감정이 참 좋았어요. 이런 감정은 비록 제가 만들어낸 판타지일 수도 있지만, 그로 인해 물건을 대하는 태도가 조금은 달라졌습니다. 큰 변화는 아니고 예전보다 사물들을 소중하게 다루게 된 정도지만요. 하지만 그것만으로도 동그라미를 찾고자 했던 저의 행위에 보람을 느끼고 있는 요즘입니다. 지금 쓰고 있는 이 글들이 모여 책이 만들어지고 나면 또다시 사라져버릴, 신기루 같은 것일지도 모르는 '사물의 관찰'이겠지만, 되도록이면 계속해볼 생각입니다.

여러분도 각자의 동그라미들을 한번 찾아보시면 어떨는지요.

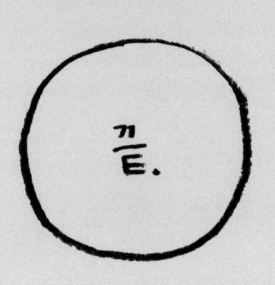

안녕, 동그라미

2019년 10월 14일 초판 1쇄 발행

지 은 이 | 일이
일러스트 | 키미
펴 낸 이 | 서장혁
책임편집 | 장진영
디 자 인 | 조은영
마 케 팅 | 한승훈, 안영림, 최은성

펴 낸 곳 | 봄름
주   소 | 경기도 파주시 회동길 216 2층
T E L | 1544-5383
홈페이지 | www.bomlm.com
E - mail | support@tomato4u.com
등   록 | 2012. 1. 11.

I S B N | 979-11-90278-03-4 (03810)

봄름은 토마토출판그룹의 브랜드입니다.